GRöLS Verlage

„BÜCHER SIND WIE FALLSCHIRME. SIE NÜTZEN UNS NICHTS, WENN WIR SIE NICHT ÖFFNEN."

Gröls Verlag

Redaktionelle Hinweise und Impressum

Das vorliegende Werk wurde zugunsten der Authentizität sehr zurückhaltend bearbeitet. So wurden etwa ursprüngliche Rechtschreibfehler *nicht* systematisch behoben, denn kleine Unvollkommenheiten machen das Buch – wie im Übrigen den Menschen – erst authentisch. Mitunter wurden jedoch zum Beispiel Absätze behutsam neu getrennt, um den Lesefluss zu erleichtern.

Um die Texte zu rekonstruieren, werden antiquarische Bücher von Lesegeräten gescannt und dann durch eine Software lesbar gemacht. Der so entstandene Text wird von Menschen gegengelesen und korrigiert – hierbei treten auch Fehler auf. Wenn Sie ebenfalls antiquarische Texte einreichen möchten, finden Sie weitere Informationen auf www.groels.de

Viel Freude bei der Lektüre wünscht Ihnen das Team des Gröls-Verlags.

Adressen

Verleger: Sophia Gröls, Im Borngrund 26, 61440 Oberursel

Externer Dienstleister für Distribution & Herstellung: BoD, In de Tarpen 42, 22848 Norderstedt

Unsere „Edition | Werke der Weltliteratur“ hat den Anspruch, eine der größten und vollständigsten Sammlungen klassischer Literatur in deutscher Sprache zu sein. Nach und nach versammeln wir hier nicht nur die „üblichen Verdächtigen“ von Goethe bis Schiller, sondern auch Kleinode der vergangenen Jahrhunderte, die – zu Unrecht – drohen, in Vergessenheit zu geraten. Wir kultivieren und kuratieren damit einen der wertvollsten Bereiche der abendländischen Kultur. Kleine Auswahl:

Francis Bacon • Neues Organon • **Balzac** • Glanz und Elend der Kurtisanen • **Joachim H. Campe** • Robinson der Jüngere • **Dante Alighieri** • Die Göttliche Komödie • **Daniel Defoe** • Robinson Crusoe • **Charles Dickens** • Oliver Twist • **Denis Diderot** • Jacques der Fatalist • **Fjodor Dostojewski** • Schuld und Sühne • **Arthur Conan Doyle** • Der Hund von Baskerville • **Marie von Ebner-Eschenbach** • Das Gemeindekind • **Elisabeth von Österreich** • Das Poetische Tagebuch • **Friedrich Engels** • Die Lage der arbeitenden Klasse • **Ludwig Feuerbach** • Das Wesen des Christentums • **Johann G. Fichte** • Reden an die deutsche Nation • **Fitzgerald** • Zärtlich ist die Nacht • **Flaubert** • Madame Bovary • **Gorch Fock** • Seefahrt ist not! • **Theodor Fontane** • Effi Briest • **Robert Musil** • Über die Dummheit • **Edgar Wallace** • Der Frosch mit der Maske • **Jakob Wassermann** • Der Fall Maurizius • **Oscar Wilde** • Das Bildnis des Dorian Grey • **Émile Zola** • Germinal • **Stefan Zweig** • Schachnovelle • **Hugo von Hofmannsthal** • Der Tor und der Tod • **Anton Tschechow** • Ein Heiratsantrag • **Arthur Schnitzler** • Reigen • **Friedrich Schiller** • Kabale und Liebe • **Nicolo Machiavelli** • Der Fürst • **Gotthold E. Lessing** • Nathan der Weise • **Augustinus** • Die Bekenntnisse des heiligen Augustinus • **Marcus Aurelius** • Selbstbetrachtungen • **Charles Baudelaire** • Die Blumen des Bösen • **Harriett Stowe** • Onkel Toms Hütte • **Walter Benjamin** • Deutsche Menschen • **Hugo Bettauer** • Die Stadt ohne Juden • **Lewis Caroll** • *und viele mehr….*

Franz Grillparzer

Der arme Spielmann

Erzählung (1847)

In Wien ist der Sonntag nach dem Vollmonde im Monat Juli jedes Jahres samt dem darauffolgenden Tage ein eigentliches Volksfest, wenn je ein Fest diesen Namen verdient hat. Das Volk besucht es und gibt es selbst; und wenn Vornehmere dabei erscheinen, so können sie es nur in ihrer Eigenschaft als Glieder des Volks. Da ist keine Möglichkeit der Absonderung; wenigstens vor einigen Jahren noch war keine.

An diesem Tage feiert die mit dem Augarten, der Leopoldstadt, dem Prater in ununterbrochener Lustreihe zusammenhängende Brigittenau ihre Kirchweihe. Von Brigittenkirchtag zu Brigittenkirchtag zählt seine guten Tage das arbeitende Volk. Lange erwartet, erscheint endlich das saturnalische Fest. Da entsteht Aufruhr in der gutmütig ruhigen Stadt. Eine wogende Menge erfüllt die Straßen. Geräusch von Fußtritten, Gemurmel von Sprechenden, das hie und da ein lauter Ausruf durchzuckt. Der Unterschied der Stände ist verschwunden; Bürger und Soldat teilt die Bewegung. An den Toren der Stadt wächst der Drang. Genommen, verloren und wiedergenommen, ist endlich der Ausgang erkämpft. Aber die Donaubrücke bietet neue Schwierigkeiten. Auch hier siegreich, ziehen endlich zwei Ströme, die alte Donau und die geschwollnere Woge des Volks, sich kreuzend quer unter- und übereinander, die Donau ihrem alten Flußbette nach, der Strom des Volkes, der Eindämmung der Brücke entnommen, ein weiter, tosender See, sich ergießend in alles deckender Überschwemmung. Ein neu

Hinzugekommener fände die Zeichen bedenklich. Es ist aber der Aufruhr der Freude, die Losgebundenheit der Lust.

Schon zwischen Stadt und Brücke haben sich Korbwagen aufgestellt für die eigentlichen Hierophanten dieses Weihfestes: die Kinder der Dienstbarkeit und der Arbeit. Überfüllt und dennoch im Galopp durchfliegen sie die Menschenmasse, die sich hart vor ihnen öffnet und hinter ihnen schließt, unbesorgt und unverletzt. Denn es ist in Wien ein stillschweigender Bund zwischen Wagen und Menschen: nicht zu überfahren, selbst im vollen Lauf; und nicht überfahren zu werden, auch ohne alle Aufmerksamkeit.

Von Sekunde zu Sekunde wird der Abstand zwischen Wagen und Wagen kleiner. Schon mischen sich einzelne Equipagen der Vornehmeren in den oft unterbrochenen Zug. Die Wagen fliegen nicht mehr. Bis endlich fünf bis sechs Stunden vor Nacht die einzelnen Pferde- und Kutschen-Atome sich zu einer kompakten Reihe verdichten, die, sich selber hemmend und durch Zufahrende aus allen Quergassen gehemmt, das alte Sprichwort „Besser schlecht gefahren, als zu Fuße gegangen" offenbar zuschanden macht. Begafft, bedauert, bespottet, sitzen die geputzten Damen in den scheinbar stillestehenden Kutschen. Des immerwährenden Anhaltens ungewohnt, bäumt sich der Holsteiner Rappe, als wollte er seinen durch den ihm vorgehenden Korbwagen gehemmten Weg obenhin über diesen hinaus nehmen, was auch die schreiende Weiber- und Kinderbevölkerung des Plebejer-Fuhrwerks offenbar zu befürchten scheint. Der schnell dahinschießende Fiaker, zum ersten Male seiner Natur ungetreu, berechnet ingrimmig den Verlust, auf einem Wege drei Stunden zubringen zu müssen, den er sonst in fünf Minuten durchflog. Zank, Geschrei, wechselseitige Ehrenangriffe der Kutscher, mitunter ein Peitschenhieb.

Endlich, wie denn in dieser Welt jedes noch so hartnäckige Stehenbleiben doch nur ein unvermerktes Weiterrücken ist, erscheint auch diesem status quo ein Hoffnungsstrahl. Die ersten Bäume des Augartens und der Brigittenau werden sichtbar. Land! Land! Land! Alle Leiden sind vergessen. Die zu Wagen Gekommenen steigen aus und mischen sich unter die Fußgänger, Töne entfernter Tanzmusik schallen herüber, vom Jubel der neu Ankommenden beantwortet. Und so fort und immer weiter, bis endlich der breite Hafen der Lust sich auftut und Wald und Wiese, Musik und Tanz, Wein und Schmaus, Schattenspiel und Seiltänzer, Erleuchtung und Feuerwerk sich zu einem pays de cocagne, einem Eldorado, einem eigentlichen Schlaraffenlande vereinigen, das leider, oder glücklicherweise, wie man es nimmt, nur einen und den nächst darauffolgenden Tag dauert, dann aber verschwindet, wie der Traum einer Sommernacht, und nur in der Erinnerung zurückbleibt und allenfalls in der Hoffnung.

Ich versäume nicht leicht, diesem Feste beizuwohnen. Als ein leidenschaftlicher Liebhaber der Menschen, vorzüglich des Volkes, so daß mir selbst als dramatischem Dichter der rückhaltslose Ausbruch eines überfüllten Schauspielhauses immer zehnmal interessanter, ja belehrender war als das zusammengeklügelte Urteil eines an Leib und Seele verkrüppelten, von dem Blut ausgezogener Autoren spinnenartig aufgeschwollenen literarischen Matadors; als ein Liebhaber der Menschen, sage ich, besonders wenn sie in Massen für einige Zeit der einzelnen Zwecke vergessen und sich als Teile des Ganzen fühlen, in dem denn doch zuletzt das Göttliche liegt – als einem solchen ist mir jedes Volksfest ein eigentliches Seelenfest, eine Wallfahrt, eine Andacht. Wie aus einem aufgerollten, ungeheuren, dem Rahmen des Buches entsprungenen Plutarch lese ich aus den heitern und heimlich bekümmerten Gesichtern, dem lebhaften oder gedrückten Gange, dem wechselseitigen Benehmen der Familienglieder, den einzelnen halb unwillkürlichen Äußerungen mir die Biographien der unberühmten Menschen zusammen, und wahrlich! man kann die Berühmten nicht verstehen, wenn man die Obskuren nicht durchgefühlt hat. Von dem Wortwechsel weinerhitzter Karrenschieber spinnt sich ein unsichtbarer, aber ununterbrochener Faden bis zum Zwist der Göttersöhne, und in der jungen Magd, die, halb wider Willen, dem drängenden Liebhaber seitab vom Gewühl der Tanzenden folgt, liegen als Embryo die Julien, die Didos und die Medeen.

Auch vor zwei Jahren hatte ich mich, wie gewöhnlich, den lustgierigen Kirchweihgästen als Fußgänger mit angeschlossen. Schon waren die Hauptschwierigkeiten der Wanderung überwunden und ich befand mich bereits am Ende des Augartens, die ersehnte Brigittenau hart vor mir liegend. Hier ist nun noch ein, wenngleich der letzte Kampf zu bestehen. Ein schmaler Damm, zwischen undurchdringlichen Befriedungen hindurchlaufend, bildet die einzige Verbindung der beiden Lustorte, deren gemeinschaftliche Grenze ein in der Mitte befindliches hölzernes Gittertor bezeichnet. An gewöhnlichen Tagen und für gewöhnliche Spaziergänger bietet dieser Verbindungsweg überflüssigen Raum; am Kirchweihfeste aber würde seine Breite, auch vierfach genommen, noch immer zu schmal sein für die endlose Menge, die, heftig nachdrängend und von Rückkehrenden im entgegengesetzten Sinne durchkreuzt, nur durch die allseitige Gutmütigkeit der Lustwandelnden sich am Ende doch leidlich zurechtfindet.

Ich hatte mich dem Zug der Menge hingegeben und befand mich in der Mitte des Dammes, bereits auf klassischem Boden, nur leider zu stets erneutem Stillestehen, Ausbeugen und Abwarten genötigt. Da war denn Zeit genug, das seitwärts am Wege Befindliche zu betrachten. Damit es nämlich der genußlechzenden Menge nicht an einem Vorschmack der zu erwartenden Seligkeit mangle, hatten sich links am Abhang der erhöhten Dammstraße einzelne Musiker aufgestellt, die, wahrscheinlich die große Konkurrenz scheuend, hier an den Propyläen die Erstlinge der noch unabgenützten Freigebigkeit einernten wollten. Eine Harfenspielerin mit widerlich starrenden Augen. Ein alter invalider Stelzfuß, der auf einem entsetzlichen, offenbar von ihm selbst verfertigten Instrumente, halb Hackbrett und halb Drehorgel, die Schmerzen seiner Verwundung dem allgemeinen Mitleid auf eine analoge Weise empfindbar machen wollte. Ein lahmer, verwachsener Knabe, er und seine Violine einen einzigen ununterscheidbaren Knäuel bildend, der endlos fortrollende Walzer mit all der hektischen Heftigkeit seiner verbildeten Brust herabspielte. Endlich – und er zog meine ganze Aufmerksamkeit auf sich – ein alter, leicht siebzigjähriger Mann in einem fadenscheinigen, aber nicht unreinlichen Molltonüberrock mit lächelnder, sich selbst Beifall gebender Miene. Barhäuptig und kahlköpfig stand er da, nach Art dieser Leute, den Hut als Sammelbüchse vor sich auf dem Boden, und so bearbeitete er eine alte vielzersprungene Violine, wobei er den Takt nicht nur durch Aufheben und Niedersetzen des Fußes, sondern zugleich durch übereinstimmende Bewegung des ganzen gebückten Körpers markierte. Aber all diese Bemühung, Einheit in seine Leistung zu bringen, war fruchtlos, denn was er spielte, schien eine unzusammenhängende Folge von Tönen ohne Zeitmaß und Melodie. Dabei war er ganz in sein Werk vertieft: die Lippen zuckten, die Augen waren starr auf das vor ihm befindliche Notenblatt gerichtet ja wahrhaftig Notenblatt! Denn indes alle andern, ungleich mehr zu Dank spielenden Musiker sich auf ihr Gedächtnis verließen, hatte der alte Mann mitten in dem Gewühle ein kleines, leicht tragbares Pult vor sich hingestellt mit schmutzigen, zergriffenen Noten, die das in schönster Ordnung enthalten mochten, was er so außer allem Zusammenhange zu hören gab. Gerade das Ungewöhnliche dieser Ausrüstung hatte meine Aufmerksamkeit auf ihn gezogen, so wie es auch die Heiterkeit des vorüberwogenden Haufens erregte, der ihn auslachte und den zum Sammeln hingestellten Hut des alten Mannes leer ließ, indes das übrige Orchester ganze Kupferminen einsackte. Ich war, um das Original ungestört zu betrachten, in einiger Entfernung auf den Seitenabhang des Dammes getreten. Er spielte noch eine Weile fort. Endlich hielt er ein, blickte, wie aus einer langen Abwesenheit zu sich gekommen, nach dem Firmament, das schon die Spuren des nahenden Abends zu zeigen anfing, darauf abwärts in seinen Hut, fand ihn leer, setzte ihn mit ungetrübter Heiterkeit auf, steckte den Geigenbogen zwischen die Saiten; „Sunt certi denique fines“, sagte er, ergriff sein Notenpult und arbeitete sich mühsam durch die dem Feste zuströmende Menge in entgegengesetzter Richtung, als einer, der heimkehrt.

Das ganze Wesen des alten Mannes war eigentlich wie gemacht, um meinen anthropologischen Heißhunger aufs äußerste zu reizen. Die dürftige und doch edle Gestalt, seine unbesiegbare Heiterkeit, so viel Kunsteifer bei so viel Unbeholfenheit; daß er gerade zu einer Zeit heimkehrte, wo für andere seinesgleichen erst die eigentliche Ernte anging; endlich die wenigen, aber mit der richtigsten Betonung, mit völliger Geläufigkeit gesprochenen lateinischen Worte. Der Mann hatte also eine sorgfältigere Erziehung genossen, sich Kenntnisse eigen gemacht, und nun – ein Bettelmusikant! Ich zitterte vor Begierde nach dem Zusammenhange.

Aber schon befand sich ein dichter Menschenwall zwischen mir und ihm. Klein, wie er war, und durch das Notenpult in seiner Hand nach allen Seiten hin störend, schob ihn einer dem andern zu, und schon hatte ihn das Ausgangsgitter aufgenommen, indes ich noch in der Mitte des Dammes mit der entgegenströmenden Menschenwoge kämpfte. So entschwand er mir, und als ich endlich selbst ins ruhige Freie gelangte, war nach allen Seiten weit und breit kein Spielmann mehr zu sehen.

Das verfehlte Abenteuer hatte mir die Lust an dem Volksfest genommen. Ich durchstrich den Augarten nach allen Richtungen und beschloß endlich, nach Hause zu kehren.

In die Nähe des kleinen Türchens gekommen, das aus dem Augarten nach der Taborstraße führt, hörte ich plötzlich den bekannten Ton der alten Violine wieder. Ich verdoppelte meine Schritte, und siehe da! der Gegenstand meiner Neugier stand, aus Leibeskräften spielend, im Kreise einiger Knaben, die ungeduldig einen Walzer von ihm verlangten. „Einen Walzer spiel!“ riefen sie; „einen Walzer, hörst du nicht?“ Der Alte geigte fort, scheinbar ohne auf sie zu achten, bis ihn die kleine Zuhörerschar schmähend und spottend verließ, sich um einen Leiermann sammelnd, der seine Drehorgel in der Nähe aufgestellt hatte.

„Sie wollen nicht tanzen“, sagte wie betrübt der alte Mann, sein Musikgeräte zusammenlegend. Ich war ganz nahe zu ihm getreten. „Die Kinder kennen eben keinen andern Tanz als den Walzer“, sagte ich. „Ich spielte einen Walzer“, versetzte er, mit dem Geigenbogen den Ort des soeben gespielten Stückes auf seinem Notenblatte bezeichnend.

„Man muß derlei auch führen, der Menge wegen. Aber die Kinder haben kein Ohr“, sagte er, indem er wehmütig den Kopf schüttelte. – „Lassen Sie mich wenigstens ihren Undank wieder gutmachen“, sprach ich, ein Silberstück aus der Tasche ziehend und ihm hinreichend. – „Bitte! bitte!“ rief der alte Mann, wobei er mit beiden Händen ängstlich abwehrende Bewegungen machte, „in den Hut! in den Hut!“ – Ich legte das Geldstück in den vor ihm stehenden Hut, aus dem es unmittelbar darauf der Alte herausnahm und ganz zufrieden einsteckte, „das heißt einmal mit reichem Gewinn nach Hause gehen“, sagte er schmunzelnd. – „Eben recht“, sprach ich, „erinnern Sie mich auf einen Umstand, der schon früher meine Neugier rege machte! Ihre heutige Einnahme scheint nicht die beste gewesen zu sein, und doch entfernen Sie sich in einem Augenblicke, wo eben die eigentliche Ernte angeht. Das Fest dauert, wissen Sie wohl, die ganze Nacht, und Sie könnten da leicht mehr gewinnen als an acht gewöhnlichen Tagen. Wie soll ich mir das erklären?“

„Wie Sie sich das erklären sollen“, versetzte der Alte. „Verzeihen Sie, ich weiß nicht, wer Sie sind, aber Sie müssen ein wohltätiger Herr sein und ein Freund der Musik“, dabei zog er das Silberstück noch einmal aus der Tasche und drückte es zwischen seine gegen die Brust gehobenen Hände. „Ich will Ihnen daher nur die Ursachen angeben, obgleich ich oft deshalb verlacht worden bin. Erstens war ich nie ein Nachtschwärmer und halte es auch nicht für recht, andere durch Spiel und Gesang zu einem solchen widerlichen Vergehen anzureizen; zweitens muß sich der Mensch in allen Dingen eine gewisse Ordnung festsetzen, sonst gerät er ins Wilde und Unaufhaltsame. Drittens endlich – Herr! ich spiele den ganzen Tag für die lärmenden Leute und gewinne kaum kärglich Brot dabei; aber der Abend gehört mir und meiner armen Kunst.

Abends halte ich mich zu Hause, und“ – dabei ward seine Rede immer leiser, Röte überzog sein Gesicht, sein Auge suchte den Boden – „da spiele ich denn aus der Einbildung, so für mich ohne Noten. Phantasieren, glaub ich, heißt es in den Musikbüchern.“

Wir waren beide ganz stille geworden. Er, aus Beschämung über das verratene Geheimnis seines Innern; ich, voll Erstaunen, den Mann von den höchsten Stufen der Kunst sprechen zu hören, der nicht imstande war, den leichtesten Walzer faßbar wiederzugeben. Er bereitete sich indes zum Fortgehen. „Wo wohnen Sie?“ sagte ich. „Ich möchte wohl einmal Ihren einsamen Übungen beiwohnen.“ – „Oh“, versetzte er fast flehend, „Sie wissen wohl, das Gebet gehört ins Kämmerlein.“ – „So will ich Sie denn einmal am Tage besuchen“, sagte ich. – „Den Tag über“, erwiderte er, „gehe ich meinem Unterhalt bei den Leuten nach.“ – „Also des Morgens denn.“ – „Sieht es doch beinahe aus“, sagte der Alte lächelnd, „als ob Sie, verehrter Herr, der Beschenkte wären und ich, wenn es mir erlaubt ist zu sagen, der Wohltäter; so freundlich sind Sie, und so widerwärtig ziehe ich mich zurück. Ihr vornehmer Besuch wird meiner Wohnung immer eine Ehre sein; nur bäte ich, daß Sie den Tag Ihrer Dahinkunft mir großgünstig im voraus bestimmten, damit weder Sie durch Ungehörigkeit aufgehalten, noch ich genötigt werde, ein zur Zeit etwa begonnenes Geschäft unziemlich zu unterbrechen. Mein Morgen nämlich hat auch seine Bestimmung. Ich halte es jedenfalls für meine Pflicht, meinen Gönnern und Wohltätern für ihr Geschenk eine nicht ganz unwürdige Gegengabe darzureichen. Ich will kein Bettler sein, verehrter Herr. Ich weiß wohl, daß die übrigen öffentlichen Musikleute sich damit begnügen, einige auswendig gelernte Gassenhauer, Deutschwalzer, ja wohl gar Melodien von unartigen Liedern, immer wieder von denselben anfangend, fort und fort herabzuspielen, so daß man ihnen gibt, um ihrer loszuwerden, oder weil ihr Spiel die Erinnerung genossener Tanzfreuden oder sonst unordentlicher Ergötzlichkeiten wieder lebendig macht. Daher spielen sie auch aus dem Gedächtnis und greifen falsch mitunter, ja häufig. Von mir aber sei fern zu betrügen. Ich habe deshalb, teils weil mein Gedächtnis überhaupt nicht das beste ist, teils weil es für jeden schwierig sein dürfte, verwickelte Zusammensetzungen geachteter Musikverfasser Note für Note bei sich zu behalten, diese Hefte mir selbst ins reine geschrieben.“ Er zeigte dabei durchblätternd auf sein Musikbuch, in dem ich zu meinem Entsetzen mit sorgfältiger, aber widerlich steifer Schrift ungeheuer schwierige Kompositionen alter berühmter Meister, ganz schwarz von Passagen und Doppelgriffen, erblickte. Und derlei spielte der alte Mann mit seinen ungelenken Fingern! „Indem ich nun diese Stücke spiele“, fuhr er fort, „bezeige ich meine Verehrung den nach Stand und Würden geachteten, längst nicht mehr lebenden Meistern und Verfassern, tue mir selbst genug und lebe der angenehmen Hoffnung, daß die mir mildest gereichte Gabe nicht ohne Entgelt bleibt durch Veredlung des Geschmackes und Herzens der ohnehin von so vielen Seiten gestörten und irregeleiteten Zuhörerschaft. Da derlei aber, auf daß ich bei meiner Rede bleibe“ – und dabei überzog ein selbstgefälliges Lächeln seine Züge -, „da derlei aber eingeübt sein will, sind meine Morgenstunden ausschließend diesem Exercitium bestimmt. Die drei ersten Stunden des Tages der Übung, die Mitte dem Broterwerb, und der Abend mir und dem lieben Gott, das heißt nicht unehrlich geteilt“, sagt er, und dabei glänzten seine Augen wie feucht; er lächelte aber.

„Gut denn“ , sagte ich, „so werde ich Sie einmal morgens überraschen. Wo wohnen Sie?“ Er nannte mir die Gärtnergasse. – „Hausnummer?“ – „Nummer 34 im ersten Stocke.“ – „In der Tat“, rief ich, „im Stockwerke der Vornehmen?“ – „Das Haus“, sagte er, „hat zwar eigentlich nur ein Erdgeschoß; es ist aber oben neben der Bodenkammer noch ein kleines Zimmer, das bewohne ich gemeinschaftlich mit zwei Handwerksgesellen.“ – „Ein Zimmer zu dreien?“ – „Es ist abgeteilt“, sagte er, „und ich habe mein eigenes Bette.“

„Es wird spät“ sprach ich, „und Sie wollen nach Hause. Auf Wiedersehen denn!“ und dabei fuhr ich in die Tasche, um das früher gereichte gar zu kleine Geldgeschenk allenfalls zu verdoppeln. Er aber hatte mit der einen Hand das Notenpult, mit der andern seine Violine angefaßt und rief hastig: „Was ich devotest verbitten muß. Das Honorarium für mein Spiel ist mir bereits in Fülle zuteil geworden, eines andern Verdienstes aber bin ich mir zur Zeit nicht bewußt." Dabei machte er mir mit einer Abart vornehmer Leichtigkeit einen ziemlich linkischen Kratzfuß und entfernte sich, so schnell ihn seine alten Beine trugen.

Ich hatte, wie gesagt, die Lust verloren, dem Volksfeste für diesen Tag länger beizuwohnen, ich ging daher heimwärts, den Weg nach der Leopoldstadt einschlagend, und, von Staub und Hitze erschöpft, trat ich in einen der dortigen vielen Wirtsgärten, die, an gewöhnlichen Tagen überfüllt, heute ihre ganze Kundschaft der Brigittenau abgegeben hatten. Die Stille des Ortes, im Abstich der lärmenden Volksmenge, tat mir wohl, und mich verschiedenen Gedanken überlassend, an denen der alte Spielmann nicht den letzten Anteil hatte, war es völlig Nacht geworden, als ich endlich des Nachhausegehens gedachte, den Betrag meiner Rechnung auf den Tisch legte und der Stadt zuschritt.

In der Gärtnergasse, hatte der alte Mann gesagt, wohne er. „Ist hier in der Nähe eine Gärtnergasse?" fragte ich einen kleinen Jungen, der über den Weg lief. „Dort, Herr!" versetzte er, indem er auf eine Querstraße hinwies, die, von der Häusermasse der Vorstadt sich entfernend, gegen das freie Feld hinaus lief. Ich folgte der Richtung. Die Straße bestand aus zerstreuten einzelnen Häusern, die, zwischen großen Küchengärten gelegen, die Beschäftigung der Bewohner und den Ursprung des Namens Gärtnergasse augenfällig darlegten. In welcher dieser elenden Hütten wohl mein Original wohnen mochte? Ich hatte die Hausnummer glücklich vergessen, auch war in der Dunkelheit an das Erkennen irgendeiner

Bezeichnung kaum zu denken. Da schritt, auf mich zukommend, ein mit Küchengewächsen schwer beladener Mann an mir vorüber. „Kratzt der Alte einmal wieder“, brummte er, „und stört die ordentlichen Leute in ihrer Nachtruhe.“ Zugleich, wie ich vorwärtsging, schlug der leise, langgehaltene Ton einer Violine an mein Ohr, der aus dem offenstehenden Bodenfenster eines wenig entfernten ärmlichen Hauses zu kommen schien, das, niedrig und ohne Stockwerk wie die übrigen, sich durch dieses in der Umgrenzung des Daches liegende Giebelfenster vor den andern auszeichnete. Ich stand stille. Ein leiser, aber bestimmt gegriffener Ton schwoll bis zur Heftigkeit, senkte sich, verklang, um gleich darauf wieder bis zum lautesten Gellen emporzusteigen, und zwar immer derselbe Ton, mit einer Art genußreichem Daraufberuhen wiederholt. Endlich kam ein Intervall. Es war die Quarte. Hatte der Spieler sich vorher an dem Klange des einzelnen Tones geweidet, so war nun das gleichsam wollüstige Schmecken dieses harmonischen Verhältnisses noch ungleich fühlbarer. Sprungweise gegriffen, zugleich gestrichen, durch die dazwischenliegende Stufenreihe höchst holperig verbunden, die Terz markiert, wiederholt. Die Quinte darangefügt, einmal mit zitterndem Klang wie ein stilles Weinen, ausgehalten, verhallend, dann in wirbelnder Schnelligkeit ewig wiederholt, immer dieselben Verhältnisse, die nämlichen Töne. – Und das nannte der alte Mann Phantasieren! – Obgleich es im Grunde allerdings ein Phantasieren war, für den Spieler nämlich, nur nicht auch für den Hörer.

Ich weiß nicht, wie lange das gedauert haben mochte und wie arg es geworden war, als plötzlich die Türe des Hauses aufging, ein Mann, nur mit dem Hemde und lose eingeknöpftem Beinkleide angetan, von der Schwelle bis in die Mitte der Straße trat und zu dem Giebelfenster emporrief: „Soll das heute einmal wieder gar kein Ende nehmen?“ Der Ton der Stimme war dabei unwillig, aber nicht hart oder beleidigend. Die Violine verstummte, ehe die Rede noch zu Ende war. Der Mann ging ins Haus zurück, das Giebelfenster schloß sich, und bald herrschte eine durch nichts unterbrochene Totenstille um mich her. Ich trat, mühsam in den mir unbekannten Gassen mich zurechtfindend, den Heimweg an, wobei ich auch phantasierte, aber, niemand störend, für mich, im Kopfe.

Die Morgenstunden haben für mich immer einen einen eigenen Wert gehabt. Es ist, als ob es mir Bedürfnis wäre, durch die Beschäftigung mit etwas Erhebendem, Bedeutendem in den ersten Stunden des Tages mir den Rest desselben gewissermaßen zu heiligen. Ich kann mich daher nur schwer entschließen, am frühen Morgen mein Zimmer zu verlassen, und wenn ich ohne vollgültige Ursache mich einmal dazu nötige, so habe ich für den übrigen Tag nur die Wahl zwischen gedankenloser Zerstreuung oder selbstquälerischem Trübsinn. So kam es, daß ich durch einige Tage den Besuch bei dem alten Manne, der verabredetermaßen in den Morgenstunden stattfinden sollte, verschob. Endlich ward die Ungeduld meiner Herr, und ich ging. Die Gärtnergasse war leicht gefunden, ebenso das Haus. Die Töne der Violine ließen sich auch diesmal hören, aber durch das geschlossene Fenster bis zum Ununterscheidbaren gedämpft. Ich trat ins Haus. Eine vor Erstaunen halb sprachlose Gärtnersfrau wies mich eine Bodentreppe hinauf. Ich stand vor einer niedern und halb schließenden Türe, pochte, erhielt keine Antwort, drückte endlich die Klinke und trat ein. Ich befand mich in einer ziemlich geräumigen, sonst aber höchst elenden Kammer, deren Wände von allen Seiten den Umrissen des spitzzulaufenden Daches folgten. Hart neben der Türe ein schmutziges, widerlich verstörtes Bette, von allen Zutaten der Unordentlichkeit umgeben; mir gegenüber, hart neben dem schmalen Fenster, eine zweite Lagerstätte, dürftig, aber reinlich, und höchst sorgfältig gebettet und bedeckt. Am Fenster ein kleines

Tischchen mit Notenpapier und Schreibgeräte, im Fenster ein paar Blumentöpfe. Die Mitte des Zimmers von Wand zu Wand war am Boden mit einem dicken Kreidenstriche bezeichnet, und man kann sich kaum einen grelleren Abstich von Schmutz und Reinlichkeit denken, als diesseits und jenseits der gezogenen Linie, dieses Äquators einer Welt im kleinen, herrschte.

Hart an dem Gleicher hatte der alte Mann sein Notenpult hingestellt und stand, völlig und sorgfältig gekleidet, davor und – exerzierte. Es ist schon bis zum Übelklang so viel von den Mißklängen meines, und ich fürchte beinahe, nur meines Lieblings die Rede gewesen, daß ich den Leser mit der Beschreibung dieses höllischen Konzertes verschonen will. Da die Übung größtenteils aus Passagen bestand, so war an ein Erkennen der gespielten Stücke nicht zu denken, was übrigens auch sonst nicht leicht gewesen sein möchte. Einige Zeit Zuhörens ließ mich endlich den Faden durch dieses Labyrinth erkennen, gleichsam die Methode in der Tollheit. Der Alte genoß, indem er spielte. Seine Auffassung unterschied hierbei aber schlechthin nur zweierlei, den Wohlklang und den Übelklang, von denen der erstere ihn erfreute, ja entzückte, indes er dem letztern, auch dem harmonisch begründeten, nach Möglichkeit aus dem Wege ging. Statt nun in einem Musikstücke nach Sinn und Rhythmus zu betonen, hob er heraus, verlängerte er die dem Gehör wohltuenden Noten und Intervalle, ja nahm keinen Anstand, sie willkürlich zu wiederholen, wobei sein Gesicht oft geradezu den Ausdruck der Verzückung annahm. Da er nun zugleich die Dissonanzen so kurz als möglich abtat, überdies die für ihn zu schweren Passagen, von denen er aus Gewissenhaftigkeit nicht eine Note fallen ließ, in einem gegen das Ganze viel zu langsamen Zeitmaß vortrug, so kann man sich wohl leicht eine Idee von der Verwirrung machen, die daraus hervorging. Mir ward es nachgerade selbst zuviel. Um ihn aus seiner Abwesenheit zurückzubringen, ließ ich absichtlich den Hut fallen, nachdem ich mehrere Mittel schon fruchtlos versucht hatte. Der alte Mann fuhr zusammen, seine Knie zitterten, kaum konnte er die zum Boden gesenkte Violine halten. Ich trat hinzu. „Oh, Sie sind's, gnädiger Herr!“ sagte er, gleichsam zu sich selbst kommend. „Ich hatte nicht auf Erfüllung Ihres hohen Versprechens gerechnet.“ Er nötigte mich zu sitzen, räumte auf, legte hin, sah einigemal verlegen im Zimmer herum, ergriff dann plötzlich einen auf einem Tische neben der Stubentür stehenden Teller und ging mit demselben zu jener hinaus. Ich hörte ihn draußen mit der Gärtnersfrau sprechen. Bald darauf kam er wieder verlegen zur Türe herein, wobei er den Teller hinter dem Rücken verbarg und heimlich wieder hinstellte. Er hatte offenbar Obst verlangt, um mich zu bewirten, es aber nicht erhalten können. „Sie wohnen hier recht hübsch“, sagte ich, um seiner Verlegenheit ein Ende zu machen. „Die Unordnung ist verwiesen. Sie nimmt ihren Rückzug durch die Türe, wenn sie auch derzeit noch nicht ganz über die Schwelle ist. – Meine Wohnung reicht nur bis zu dem Striche“, sagte der Alte, wobei er auf die Kreidenlinie in der Mitte des Zimmers zeigte. „Dort drüben wohnen zwei Handwerksgesellen.“ – „Und respektieren diese Ihre Bezeichnung?“ – „Sie nicht, aber ich“, sagte er. „Nur die Türe ist gemeinschaftlich.“ – „Und werden Sie nicht gestört von Ihrer Nachbarschaft?“ – „Kaum“, meinte er. „Sie kommen des Nachts spät nach Hause, und wenn sie mich da auch ein wenig im Bette aufschrecken, so ist dafür die Lust des Wiedereinschlafens um so größer. Des Morgens aber wecke *ich* sie, wenn ich mein Zimmer in Ordnung bringe. Da schelten sie wohl ein wenig und gehen.“ Ich hatte ihn währenddessen betrachtet. Er war höchst reinlich gekleidet, die Gestalt gut genug für seine Jahre, nur die Beine etwas zu kurz. Hand und Fuß von auffallender Zartheit. – „Sie sehen mich an“, sagte er, „und haben dabei Ihre Gedanken?“ – „Daß ich nach Ihrer Geschichte lüstern bin“, versetzte ich. –

„Geschichte?“ wiederholte er. „Ich habe keine Geschichte. Heute wie gestern, und morgen wie heute. übermorgen freilich und weiter hinaus, wer kann das wissen? Doch Gott wird sorgen, der weiß es“ – „Ihr jetziges Leben mag wohl einförmig genug sein“, fuhr ich fort; „aber Ihre früheren Schicksale. Wie es sich fügte –“ „Daß ich unter die Musikleute kam?“ fiel er in die Pause ein, die ich unwillkürlich gemacht hatte. Ich erzählte ihm nun, wie er mir beim ersten Anblicke aufgefallen; den Eindruck, den die von ihm gesprochenen lateinischen Worte auf mich gemacht hätten. „Lateinisch“, tönte er nach. „Lateinisch? das habe ich freilich auch einmal gelernt oder vielmehr hätte es lernen sollen und können. Loqueris latine?“ wandte er sich gegen mich, „aber ich könnte es nicht fortsetzen. Es ist gar zu lange her. Das also nennen Sie meine Geschichte? Wie es kam? – Ja so! da ist denn freilich allerlei geschehen; nichts Besonderes, aber doch allerlei. Möchte ich mir's doch selbst einmal wieder erzählen. Ob ich's nicht gar vergessen habe. Es ist noch früh am Morgen“, fuhr er fort, wobei er in die Uhrtasche griff, in der sich freilich keine Uhr befand. – Ich zog die meine, es war kaum 9 Uhr. – „Wir haben Zeit, und fast kommt mich die Lust zu schwatzen an.“ Er war während des letzten zusehends ungezwungener geworden. Seine Gestalt verlängerte sich. Er nahm mir ohne zu große Umstände den Hut aus der Hand und legte ihn aufs Bette; schlug sitzend ein Bein über das andere und nahm überhaupt die Lage eines mit Bequemlichkeit Erzählenden an.

„Sie haben“ – hob er an – „ohne Zweifel von dem Hofrate – gehört?“ Hier nannte er den Namen eines Staatsmannes, der in der zweiten Hälfte des vorigen Jahrhunderts unter dem bescheidenen Titel eines Bureauchefs einen ungeheuren, beinahe ministerähnlichen Einfluß ausgeübt hatte. Ich bejahte meine Kenntnis des Mannes. „Er war mein Vater“, fuhr er fort. – Sein Vater? des alten Spielmanns? des Bettlers? Der Einflußreiche, der Mächtige sein Vater? Der Alte schien mein Erstaunen nicht zu bemerken, sondern spann, sichtbar vergnügt, den Faden seiner Erzählung weiter. „Ich war der mittlere von drei Brüdern, die in Staatsdiensten hoch hinaufkamen, nun aber schon beide tot sind; ich allein lebe noch“, sagte er und zupfte dabei an seinen fadenscheinigen Beinkleidern, mit niedergeschlagenen Augen einzelne Federchen davon herablesend. „Mein Vater war ehrgeizig und heftig. Meine Brüder taten ihm genug. Mich nannte man einen langsamen Kopf; und ich war langsam. Wenn ich mich recht erinnere“, sprach er weiter, und dabei senkte er, seitwärts gewandt, wie in eine weite Ferne hinausblickend, den Kopf gegen die unterstützende linke Hand – „wenn ich mich recht erinnere, so wäre ich wohl imstande gewesen, allerlei zu erlernen, wenn man mir nur Zeit und Ordnung gegönnt hätte. Meine Brüder sprangen wie Gemsen von Spitze zu Spitze in den Lehrgegenständen herum, ich konnte aber durchaus nichts hinter mir lassen, und wenn mir ein einziges Wort fehlte, mußte ich von vorne anfangen. So ward ich denn immer gedrängt. Das Neue sollte auf den Platz, den das Alte noch nicht verlassen hatte, und ich begann stockisch zu werden. So hatten sie mir die Musik, die jetzt die Freude und zugleich der Stab meines Lebens ist, geradezu verhaßt gemacht. Wenn ich abends im Zwielicht die Violine ergriff, um mich nach meiner Art ohne Noten zu vergnügen, nahmen sie mir das Instrument und sagten, das verdirbt die Applikatur, klagten über Ohrenfolter und verwiesen mich auf die Lehrstunde, wo die Folter für mich anging. Ich habe zeitlebens nichts und niemand so gehaßt, als ich damals die Geige haßte.

Mein Vater, aufs äußerste unzufrieden, schalt mich häufig und drohte, mich zu einem Handwerke zu geben. Ich wagte nicht zu sagen, wie glücklich mich das gemacht hätte. Ein Drechsler oder Schriftsetzer wäre ich gar zu gerne gewesen. Er hätte es ja aber doch nicht zugelassen, aus Stolz. Endlich gab eine öffentliche

Schulprüfung, der man, um ihn zu begütigen, meinen Vater beizuwohnen beredet hatte, den Ausschlag. Ein unredlicher Lehrer bestimmte im voraus, was er mich fragen werde, und so ging alles vortrefflich. Endlich aber fehlte mir, es waren auswendig zu sagende Verse des Horaz – ein Wort. Mein Lehrer, der kopfnickend und meinen Vater anlächelnd zugehört hatte, kam meinem Stocken zu Hilfe und flüsterte es mir zu. Ich aber, der das Wort in meinem Innern und im Zusammenhange mit dem übrigen suchte, hörte ihn nicht. Er wiederholte es mehrere Male; umsonst. Endlich verlor mein Vater die Geduld. Cachinnum! (so hieß das Wort) schrie er mir donnernd zu. Nun war's geschehen. Wußte ich das eine, so hatte ich dafür das übrige vergessen. Alle Mühe, mich auf die rechte Bahn zu bringen, war verloren. Ich mußte mit Schande aufstehen, und als ich, der Gewohnheit nach, hinging, meinem Vater die Hand zu küssen, stieß er mich zurück, erhob sich, machte der Versammlung eine kurze Verbeugung und ging. Ce gueux schalt er mich, was ich damals nicht war, aber jetzt bin. Die Eltern prophezeien, wenn sie reden! Übrigens war mein Vater ein guter Mann. Nur heftig und ehrgeizig.

Von diesem Tage an sprach er kein Wort mehr mit mir. Seine Befehle kamen mir durch die Hausgenossen zu. So kündigte man mir gleich des nächsten Tages an, daß es mit meinen Studien ein Ende habe. Ich erschrak heftig, weil ich wußte, wie bitter es meinen Vater kränken mußte. Ich tat den ganzen Tag nichts als weinen und dazwischen jene lateinischen Verse rezitieren, die ich nun aufs Und wußte mit den vorhergehenden und nachfolgenden dazu. Ich versprach, durch Fleiß den Mangel an Talenten zu ersetzen, wenn man mich noch ferner die Schule besuchen ließe, mein Vater nahm aber nie einen Entschluß zurück.

Eine Weile blieb ich nun unbeschäftigt im väterlichen Hause. Endlich tat man mich versuchsweise zu einer Rechenbehörde. Rechnen war aber nie meine Stärke gewesen. Den Antrag, ins Militär zu treten, wies ich mit Abscheu zurück. Ich kann noch jetzt keine Uniform ohne innerlichen Schauder ansehen. Daß man werte Angehörige allenfalls auch mit Lebensgefahr schützt, ist wohl gut und begreiflich; aber Blutvergießen und Verstümmlung als Stand, als Beschäftigung. Nein! Nein! Nein!“ Und dabei fuhr er mit beiden Händen über beide Arme, als fühlte er stechend eigene und fremde Wunden.

„Ich kam nun in die Kanzlei unter die Abschreiber. Da war ich recht an meinem Platze. Ich hatte immer das Schreiben mit Lust getrieben, und noch jetzt weiß ich mir keine angenehmere Unterhaltung, als mit guter Tinte auf gutem Papier Haar- und Schattenstriche aneinanderzufügen zu Worten oder auch nur zu Buchstaben. Musiknoten sind nun gar überaus schön. Damals dachte ich aber noch an keine Musik.

Ich war fleißig, nur aber zu ängstlich. Ein unrichtiges Unterscheidungszeichen, ein ausgelassenes Wort im Konzepte, wenn es sich auch aus dem Sinne ergänzen ließ, machte mir bittere Stunden, Im Zweifel, ob ich mich genau ans Original halten oder aus eigenem beisetzen sollte, verging die Zeit angstvoll, und ich kam in den Ruf, nachlässig zu sein, indes ich mich im Dienst abquälte wie keiner. So brachte ich ein paar Jahre zu, und zwar ohne Gehalt, da, als die Reihe der Beförderung an mich kam, mein Vater im Rate einem andern seine Stimme gab und die übrigen ihm zufielen aus Ehrfurcht.

Um diese Zeit – sieh nur“, unterbrach er sich, „es gibt denn doch eine Art Geschichte. Erzählen wir die Geschichte! Um diese Zeit ereigneten sich zwei Begebenheiten: die traurigste und die freudigste meines Lebens. Meine Entfernung aus dem väterlichen Hause nämlich und das Wiederkehren zur holden Tonkunst, zu meiner Violine, die mir treu geblieben ist bis auf diesen Tag.

Ich lebte in dem Hause meines Vaters, unbeachtet von den Hausgenossen, in einem Hinterstübchen, das in den Nachbars-Hof hinausging. Anfangs aß ich am Familientische, wo niemand ein Wort an mich richtete. Als aber meine Brüder auswärts befördert wurden und mein Vater beinahe täglich zu Gast geladen war – die Mutter lebte seit lange nicht mehr -, fand man es unbequem, meinetwegen eine eigene Küche zu führen. Die Bedienten erhielten Kostgeld; ich auch, das man mir aber nicht auf die Hand gab, sondern monatweise im Speisehause bezahlte. Ich war daher wenig in meiner Stube, die Abendstunden ausgenommen; denn mein Vater verlangte, daß ich längstens eine halbe Stunde nach dem Schluß der Kanzlei zu Hause sein sollte. Da saß ich denn, und zwar, meiner schon damals angegriffenen Augen halber, in der Dämmerung ohne Licht. Ich dachte auf das und jenes und war nicht traurig und nicht froh.

Wenn ich nun so saß, hörte ich auf dem Nachbarshofe ein Lied singen. Mehrere Lieder heißt das, worunter mir aber eines vorzüglich gefiel. Es war so einfach, so rührend und hatte den Nachdruck so auf der rechten Stelle, daß man die Worte gar nicht zu hören brauchte. Wie ich denn überhaupt glaube, die Worte verderben die Musik." Nun öffnete er den Mund und brachte einige heisere, rauhe Töne hervor. „Ich habe von Natur keine Stimme", sagte er und griff nach der Violine. Er spielte, und zwar diesmal mit richtigem Ausdrucke, die Melodie eines gemütlichen, übrigens gar nicht ausgezeichneten Liedes, wobei ihm die Finger auf den Saiten zitterten und endlich einzelne Tränen über die Backen liefen.

„Das war das Lied“, sagte er, die Violine hinlegend. „Ich hörte es immer mit neuem Vergnügen. Sosehr es mir aber im Gedächtnis lebendig war, gelang es mir doch nie, mit der Stimme auch nur zwei Töne davon richtig zu treffen. Ich ward fast ungeduldig von Zuhören. Da fiel mir meine Geige in die Augen, die aus meiner Jugend her, wie ein altes Rüststück, ungebraucht an der Wand hing. Ich griff darnach, und – es mochte sie wohl der Bediente in meiner Abwesenheit benützt haben – sie fand sich richtig gestimmt. Als ich nun mit dem Bogen über die Saiten fuhr, Herr, da war es, als ob Gottes Finger mich angerührt hätte. Der Ton drang in mein Inneres hinein und aus dem Innern wieder heraus. Die Luft um mich war wie geschwängert mit Trunkenheit. Das Lied unten im Hofe und die Töne von meinen Fingern an mein Ohr, Mitbewohner meiner Einsamkeit. Ich fiel auf die Knie und betete laut und konnte nicht begreifen, daß ich das holde Gotteswesen einmal gering geschätzt, ja gehaßt in meiner Kindheit, und küßte die Violine und drückte sie an mein Herz und spielte wieder und fort.

Das Lied im Hofe – es war eine Weibsperson, die sang – tönte derweile unausgesetzt; mit dem Nachspielen ging es aber nicht so leicht.

Ich hatte das Lied nämlich nicht in Noten. Auch merkte ich wohl, daß ich das Wenige der Geigenkunst, was ich etwa einmal wußte, so ziemlich vergessen hatte. Ich konnte daher nicht das und das, sondern nur überhaupt spielen. Obwohl mir das jeweilige Was der Musik, mit Ausnahme jenes Lieds, immer ziemlich gleichgültig war und auch geblieben ist bis zum heutigen Tag. Sie spielen den Wolfgang Amadeus Mozart und den Sebastian Bach, aber den lieben Gott spielt keiner. Die ewige Wohltat und Gnade des Tons und Klangs, seine wundertätige Übereinstimmung mit dem durstigen, zerlechzenden Ohr, daß“ – fuhr er leiser und schamrot fort – „der dritte Ton zusammenstimmt mit dem ersten, und der fünfte desgleichen, und die Nota sensibilis hinaufsteigt wie eine erfüllte Hoffnung, die Dissonanz herabgebeugt wird als wissentliche Bosheit oder vermessener Stolz und die Wunder der Bindung und Umkehrung, wodurch auch die Sekunde zur Gnade gelangt in den Schoß des Wohlklangs. – Mir hat das alles, obwohl viel später, ein Musiker erklärt. Und, wovon ich aber nichts verstehe, die fuga und das punctum contra punctum und der canon a due, a tre und so fort, ein ganzes Himmelsgebäude, eines ins andere greifend, ohne Mörtel verbunden, und gehalten von Gottes Hand. Davon will niemand etwas wissen bis auf wenige. Vielmehr stören sie dieses Ein- und Ausatmen der Seelen durch Hinzufügung allenfalls auch zu sprechender Worte, wie die Kinder Gottes sich verbanden mit den Töchtern der Erde; daß es hübsch angreife und eingreife in ein schwieliges Gemüt. Herr", schloß er endlich, halb erschöpft, „die Rede ist dem Menschen notwendig wie Speise, man sollte aber auch den Trank rein erhalten, der da kommt von Gott."

Ich kannte meinen Mann beinahe nicht mehr, so lebhaft war er geworden. Er hielt ein wenig inne. „Wo blieb ich nur in meiner Geschichte?" sagte er endlich. „Ei ja, bei dem Liede und meinen Versuchen, es nachzuspielen. Es ging aber nicht. Ich trat ans Fenster, um besser zu hören. Da ging eben die Sängerin über den Hof. Ich sah sie nur von rückwärts, und doch kam sie mir bekannt vor. Sie trug einen Korb mit, wie es schien, noch ungebackenen Kuchenstücken. Sie trat in ein Pförtchen in der Ecke des Hofes, da wohl ein Backofen inne sein mochte, denn immer fortsingend, hörte ich mit hölzernen Geräten scharren, wobei die Stimme einmal dumpfer und einmal heller klang wie eines, das sich bückt und in eine Höhlung hineinsingt, dann wieder erhebt und aufrecht dasteht. Nach einer Weile kam sie zurück, und nun merkte ich erst, warum sie mir vorher bekannt vorkam. Ich kannte sie nämlich wirklich seit längerer Zeit. Und zwar aus der Kanzlei.

Damit verhielt es sich so. Die Amtsstunden fingen früh an und währten über den Mittag hinaus. Mehrere von den jüngeren Beamten, die nun entweder wirklich Hunger fühlten oder eine halbe Stunde damit vor sich bringen wollten, pflegten gegen eilf Uhr eine Kleinigkeit zu sich zu nehmen. Die Gewerbsleute, die alles zu ihrem Vorteile zu benutzen wissen, ersparten den Leckermäulern den Weg und brachten ihre Feilschaften ins Amtsgebäude, wo sie sich auf Stiege und Gang damit hinstellten. Ein Bäcker verkaufte kleine Weißbrote, die Obstfrau Kirschen. Vor allem aber waren gewisse Kuchen beliebt, die eines benachbarten Grieslers Tochter selbst verfertigte und noch warm zu Markt brachte. Ihre Kunden traten zu ihr auf den Gang hinaus, und nur selten kam sie, gerufen, in die Amtsstube, wo dann der etwas grämliche Kanzleivorsteher, wenn er ihrer gewahr wurde, ebenso selten ermangelte, sie wieder zur Türe hinauszuweisen, ein Gebot, dem sie sich nur mit Groll, und unwillige Worte murmelnd, fügte.

Das Mädchen galt bei meinen Kameraden nicht für schön. Sie fanden sie zu klein, wußten die Farbe ihrer Haare nicht zu bestimmen. Daß sie Katzenaugen habe, bestritten einige, Pockengruben aber gaben alle zu. Nur von ihrem stämmigen Wuchs sprachen alle mit Beifall, schalten sie aber grob und einer wußte viel von einer Ohrfeige zu erzählen, deren Spuren er noch acht Tage nachher gefühlt haben wollte.

Ich selbst gehörte nicht unter ihre Kunden. Teils fehlte mir's an Geld, teils habe ich Speise und Trank wohl immer – oft nur zu sehr – als ein Bedürfnis anerkennen müssen, Lust und Vergnügen darin zu suchen aber ist mir nie in den Sinn gekommen. Wir nahmen daher keine Notiz voneinander. Einmal nur, um mich zu necken, machten ihr meine Kameraden glauben, ich hätte nach ihren Eßwaren verlangt. Sie trat zu meinem Arbeitstisch und hielt mir ihren Korb hin. Ich kaufe nichts, liebe Jungfer, sagte ich. Nun, warum bestellen Sie dann die Leute? rief sie zornig. Ich entschuldigte mich, und sowie ich die Schelmerei gleich weg hatte, erklärte ich ihr's aufs beste. Nun, so schenken Sie mir wenigstens einen Bogen Papier, um meine Kuchen daraufzulegen, sagte sie. Ich machte ihr begreiflich, daß das Kanzleipapier sei und nicht mir gehöre, zu Hause aber hätte ich welches, das mein wäre, davon wollt' ich ihr bringen. Zu Hause habe ich selbst genug, sagte sie spöttisch und schlug eine kleine Lache auf, indem sie fortging.

Das war nur vor wenigen Tagen geschehen, und ich gedachte aus dieser Bekanntschaft sogleich Nutzen für meinen Wunsch zu ziehen. Ich knöpfte daher des andern Morgens ein ganzes Buch Papier, an dem es bei uns zu Hause nie fehlte, unter den Rock und ging auf die Kanzlei, wo ich, um mich nicht zu verraten, meinen Harnisch mit großer Unbequemlichkeit auf dem Leibe behielt, bis ich gegen Mittag aus dem Ein- und Ausgehen meiner Kameraden und dem Geräusch der kauenden Backen merkte, daß die Kuchenverkäuferin gekommen war, und glauben konnte, daß der Hauptandrang der Kunden vorüber sei. Dann ging ich hinaus, zog mein Papier hervor, nahm mir ein Herz und trat zu dem Mädchen hin, die, den Korb vor sich auf dem Boden und den rechten Fuß auf einen Schemel gestellt, auf dem sie gewöhnlich zu sitzen pflegte, dastand, leise summend und mit dem auf den Schemel gestützten Fuß den Takt dazu tretend. Sie maß mich vom Kopf bis zu den Füßen, als ich näher kam, was meine Verlegenheit vermehrte. Liebe Jungfer, fing ich endlich an, Sie haben neulich von mir Papier begehrt, als keines zur Hand war, das mir gehörte. Nun habe ich welches von Hause mitgebracht und – damit hielt ich ihr mein Papier hin. Ich habe Ihnen schon neulich gesagt, erwiderte sie, daß ich selbst Papier zu Hause habe. Indes, man kann alles brauchen. Damit nahm sie mit einem leichten Kopfnicken mein Geschenk und legte es in den Korb. Von den Kuchen wollen Sie nicht? sagte sie, unter ihren Waren herummusternd, auch ist das Beste schon fort. Ich dankte, sagte aber, daß ich eine andere Bitte hätte. Nu, allenfalls? sprach sie, mit dem Arm in die Handhabe des Korbes fahrend und aufgerichtet dastehend, wobei sie mich mit heftigen Augen anblitzte. Ich fiel rasch ein, daß ich ein Liebhaber der Tonkunst sei, obwohl erst seit kurzem, daß ich sie so schöne Lieder singen gehört, besonders eines. Sie? Mich? Lieder? fuhr sie auf, und wo? Ich erzählte ihr weiter, daß ich in ihrer Nachbarschaft wohne und sie auf dem Hofe bei der Arbeit belauscht hätte. Eines ihrer Lieder gefiele mir besonders, so daß ich's schon versucht hätte auf der Violine nachzuspielen. Wären Sie etwa gar derselbe, rief sie aus, der so kratzt auf der Geige? – Ich war damals, wie ich bereits sagte, nur Anfänger und habe erst später mit vieler Mühe die nötige Geläufigkeit in diese Finger gebracht“, unterbrach sich der alte Mann, wobei er mit der linken Hand, als einer, der geigt, in der Luft herumfingerte. „Mir war es“, setzte er seine Erzählung fort, „ganz heiß ins Gesicht gestiegen, und ich sah auch ihr an, daß das harte Wort sie gereute. Werte Jungfer, sagte ich, das Kratzen rührt von daher, daß ich das Lied nicht in Noten habe, weshalb ich auch höflichst um die Abschrift gebeten haben wollte. Um die Abschrift? sagte sie. Das Lied ist gedruckt und wird an den Straßenecken verkauft. – Das Lied? entgegnete ich. Das sind wohl nur die Worte. – Nun ja, die Worte, das Lied. – Aber der Ton, in dem man's singt. – Schreibt man denn derlei auch auf? fragte sie. – Freilich! war meine Antwort, das ist ja eben die Hauptsache. Und wie haben denn Sie's erlernt, werte Jungfer? – Ich hörte es singen, und da sang ich's nach. – Ich erstaunte über das natürliche Ingenium; wie denn überhaupt die ungelernten Leute oft die meisten Talente haben. Es ist aber doch nicht das Rechte, die eigentliche Kunst. Ich war nun neuerdings in Verzweiflung. Aber welches Lied ist es denn eigentlich? sagte sie. Ich weiß so viele. – Alle ohne Noten? – Nun freilich; also welches war es denn? – Es ist gar so schön, erklärte ich mich. Steigt gleich anfangs in die Höhe, kehrt dann in sein Inwendiges zurück und hört ganz leise auf. Sie singen's auch am öftesten. Ach, das wird wohl das sein! sagte sie, setzte den Korb wieder ab, stellte den Fuß auf den Schemel und sang nun mit ganz leiser und doch klarer Stimme das Lied, wobei sie das Haupt duckte, so schön, so lieblich, daß, ehe sie noch zu Ende war, ich nach ihrer herabhängenden Hand fuhr. Oho! sagte sie, den Arm zurückziehend, denn sie meinte wohl, ich wollte ihre Hand unziemlicherweise anfassen, aber nein, küssen wollte ich sie, obschon sie nur ein armes Mädchen war. – Nun, ich bin ja jetzt auch ein armer Mann.

Da ich nun vor Begierde, das Lied zu haben, mir in die Haare fuhr, tröstete sie mich und sagte: der Organist der Peterskirche käme öfter um Muskatnuß in ihres Vaters Gewölbe, den wolle sie bitten, alles auf Noten zu bringen. Ich könnte es nach ein paar Tagen dort abholen. Hierauf nahm sie ihren Korb und ging, wobei ich ihr das Geleite bis zur Stiege gab. Auf der obersten Stufe die letzte Verbeugung machend, überraschte mich der Kanzleivorsteher, der mich an meine Arbeit gehen hieß und auf das Mädchen schalt, an dem, wie er behauptete, kein gutes Haar sei. Ich war darüber heftig erzürnt und wollte ihm eben antworten, daß ich, mit seiner Erlaubnis, vom Gegenteile überzeugt sei, als ich bemerkte, daß er bereits in sein Zimmer zurückgegangen war, weshalb ich mich faßte und ebenfalls an meinen Schreibtisch ging. Doch ließ er sich seit dieser Zeit nicht nehmen, daß ich ein liederlicher Beamter und ein ausschweifender Mensch sei.

Ich konnte auch wirklich desselben und die darauffolgenden Tage kaum etwas Vernünftiges arbeiten, so ging mir das Lied im Kopfe herum, und ich war wie verloren. Ein paar Tage vergangen, wußte ich wieder nicht, ob es schon Zeit sei, die Noten abzuholen oder nicht. Der Organist, hatte das Mädchen gesagt, kam in ihres Vaters Laden, um Muskatnuß zu kaufen; die konnte er nur zu Bier gebrauchen. Nun war seit einiger Zeit kühles Wetter und daher wahrscheinlich, daß der wackere Tonkünstler sich eher an den Wein halten und daher so bald keine Muskatnuß bedürfen werde. Zu schnell anfragen schien mir unhöfliche Zudringlichkeit, allzu langes Warten konnte für Gleichgültigkeit ausgelegt werden. Mit dem Mädchen auf dem Gange zu sprechen, getraute ich mir nicht, da unsere erste Zusammenkunft bei meinen Kameraden ruchbar geworden war und sie vor Begierde brannten, mir einen Streich zu spielen.

Ich hatte inzwischen die Violine mit Eifer wieder aufgenommen und übte vorderhand das Fundament gründlich durch, erlaubte mir wohl auch von Zeit zu Zeit aus dem Kopfe zu spielen, wobei ich aber das Fenster sorgfältig schloß, da ich wußte, daß mein Vortrag mißfiel. Aber wenn ich das Fenster auch öffnete, bekam ich mein Lied doch nicht wieder zu hören. Die Nachbarin sang teils gar nicht, teils so leise und bei verschlossener Türe, daß ich nicht zwei Töne unterscheiden konnte.

Endlich – es waren ungefähr drei Wochen vergangen – vermochte ich's nicht mehr auszuhalten. Ich hatte zwar schon durch zwei Abende mich auf die Gasse gestohlen – und das ohne Hut, damit die Dienstleute glauben sollten, ich suchte nur nach etwas im Hause -, sooft ich aber in die Nähe des Grieslerladens kam, überfiel mich ein so heftiges Zittern, daß ich umkehren mußte, ich mochte wollen oder nicht. Endlich aber – wie gesagt – konnte ich's nicht mehr aushalten. Ich nahm mir ein Herz und ging eines Abends – auch diesmal ohne Hut – aus meinem Zimmer die Treppe hinab und festen Schrittes durch die Gasse bis zu dem Grieslerladen, wo ich vorderhand stehenblieb und überlegte, was weiter zu tun sei. Der Laden war erleuchtet, und ich hörte Stimmen darin. Nach einigem Zögern beugte ich mich vor und lugte von der Seite hinein. Ich sah das Mädchen hart vor dem Ladentische am Lichte sitzen und in einer hölzernen Mulde Erbsen oder Bohnen lesen. Vor ihr stand ein derber, rüstiger Mann, die Jacke über die Schulter gehängt, eine Art Knittel in der Hand, ungefähr wie ein Fleischhauer. Die beiden sprachen, offenbar in guter Stimmung, denn das Mädchen lachte einigemale laut auf, ohne sich aber in ihrer Arbeit zu unterbrechen oder auch nur aufzusehen. War es meine gezwungene vorgebeugte Stellung oder sonst was immer, mein Zittern begann wiederzukommen; als ich mich plötzlich von rückwärts mit derber Hand angefaßt und nach vorwärts geschleppt fühlte. In einem Nu stand ich im Gewölbe, und als ich, losgelassen, mich umschaute, sah ich, daß es der Eigentümer selbst war, der, von auswärts nach Hause kehrend, mich auf der Lauer überrascht und als verdächtig angehalten hatte. Element! schrie er, da sieht man, wo die Pflaumen hinkommen und die Handvoll Erbsen und Rollgerste, die im Dunkeln aus den Auslagkörben gemaust werden. Da soll ja gleich das Donnerwetter dreinschlagen. Und damit ging er auf mich los, als ob er wirklich dreinschlagen wolle.

Ich war wie vernichtet, wurde aber durch den Gedanken, daß man an meiner Ehrlichkeit zweifle, bald wieder zu mir selbst gebracht. Ich verbeugte mich daher ganz kurz und sagte dem Unhöflichen, daß mein Besuch nicht seinen Pflaumen oder seiner Rollgerste, sondern seiner Tochter gelte. Da lachte der in der Mitte des Ladens stehende Fleischer laut auf und wendete sich zu gehen, nachdem er vorher dem Mädchen ein paar Worte leise zugeflüstert hatte, die sie, gleichfalls lachend, durch einen schallenden Schlag mit der flachen Hand auf seinen Rücken beantwortete. Der Griesler gab dem Weggehenden das Geleit zur Türe hinaus. Ich hatte derweil schon wieder all meinen Mut verloren und stand dem Mädchen gegenüber, die gleichgültig ihre Erbsen und Bohnen las, als ob das Ganze sie nichts anginge. Da polterte der Vater wieder zur Türe herein. Mordtausendelement noch einmal, sagte er, Herr, was soll's mit meiner Tochter? Ich versuchte, ihm den Zusammenhang und den Grund meines Besuches zu erklären. Was Lied? sagte er, ich will euch Lieder singen! wobei er den rechten Arm sehr verdächtig auf und ab bewegte. Dort liegt es, sprach das Mädchen, indem sie, ohne die Mulde mit Hülsenfrüchten wegzusetzen, sich samt dem Sessel seitwärts überbeugte und mit der Hand auf den Ladentisch hinwies. Ich eilte hin und sah ein Notenblatt liegen. Es war das Lied. Der Alte war mir aber zuvorgekommen. Er hielt das schöne Papier zerknitternd in der Hand. Ich frage, sagte er, was das abgibt? Wer ist der Mensch? Es ist ein Herr aus der Kanzlei, erwiderte sie, indem sie eine wurmstichige Erbse etwas weiter als die andern von sich warf. Ein Herr aus der Kanzlei? rief er, im Dunkeln, ohne Hut? Den Mangel des Hutes erklärte ich durch den Umstand, daß ich ganz in der Nähe wohnte, wobei ich das Haus bezeichnete. Das Haus weiß ich, rief er. Da wohnt niemand drinnen als der Hofrat – hier nannte er den Namen meines Vaters -, und die Bedienten kenne ich alle. Ich bin der Sohn des Hofrats, sagte ich, leise, als ob's eine Lüge wäre. – Mir sind im Leben viele Veränderungen vorgekommen, aber noch keine so plötzliche, als bei diesen Worten in dem ganzen Wesen des Mannes vorging. Der zum Schmähen geöffnete Mund blieb offen stehen, die Augen drohten noch immer, aber um den untern Teil des Gesichtes fing an eine Art Lächeln zu spielen, das sich immer mehr Platz machte. Das Mädchen blieb in ihrer Gleichgültigkeit und gebückten Stellung, nur daß sie sich die losgegangenen Haare, fortarbeitend, hinter die Ohren zurückstrich. Der Sohn des Herrn Hofrats? schrie endlich der Alte, in dessen Gesichte die Aufheiterung vollkommen geworden war. Wollen Euer Gnaden sich's vielleicht bequem machen? Barbara, einen Stuhl! Das Mädchen bewegte sich widerwillig auf dem ihren. Nu wart, Tuckmauser! sagte er, indem er selbst einen Korb von seinem Platze hob und den darunter gestellten Sessel mit dem Vortuche vom Staube reinigte. Hohe Ehre, fuhr er fort. Der Herr Hofrat – der Herr Sohn, wollt' ich sagen, praktizieren also auch die Musik? Singen vielleicht, wie meine Tochter, oder vielmehr ganz anders, nach Noten, nach der Kunst? Ich erklärte ihm, daß ich von Natur keine Stimme hätte. Oder schlagen Klavizimbel, wie die vornehmen Leute zu tun pflegen? Ich sagte, daß ich die Geige spiele. Habe auch in meiner Jugend gekratzt auf der Geige, rief er. Bei dem Worte Kratzen blickte ich unwillkürlich auf das Mädchen hin und sah, daß sie ganz spöttisch lächelte, was mich sehr verdroß.

Sollten sich des Mädels annehmen, heißt das in Musik, fuhr er fort. Singt eine gute Stimme, hat auch sonst ihre Qualitäten, aber das Feine, lieber Gott, wo soll's herkommen? wobei er Daumen und Zeigefinger der rechten Hand wiederholt übereinanderschob. Ich war ganz beschämt, daß man mir unverdienterweise so bedeutende musikalische Kenntnisse zutraute, und wollte eben den wahren Stand der Sache auseinandersetzen, als ein außen Vorübergehender in den Laden hereinrief: Guten Abend alle miteinander! Ich erschrak, denn es war die Stimme eines der Bedienten unseres Hauses. Auch der Griesler hatte sie erkannt. Die Spitze der Zunge vorschiebend und die Schulter emporgehoben, flüsterte er: Waren einer der Bedienten des gnädigen Papa. Konnten Sie aber nicht erkennen, standen mit dem Rücken gegen die Türe. Letzteres verhielt sich wirklich so. Aber das Gefühl des Heimlichen, Unrechten ergriff mich qualvoll. Ich stammelte nur ein paar Worte zum Abschied und ging. Ja selbst mein Lied hätte ich vergessen, wäre mir nicht der Alte auf die Straße nachgesprungen, wo er mir's in die Hand steckte.

So gelangte ich nach Hause, auf mein Zimmer, und wartete der Dinge, die da kommen sollten. Und sie blieben nicht aus. Der Bediente hatte mich dennoch erkannt. Ein paar Tage darauf trat der Sekretär meines Vaters zu mir auf die Stube und kündigte mir an, daß ich das elterliche Haus zu verlassen hätte. Alle meine Gegenreden waren fruchtlos. Man hatte mir in einer entfernten Vorstadt ein Kämmerchen gemietet, und so war ich denn ganz aus der Nähe der Angehörigen verbannt. Auch meine Sängerin bekam ich nicht mehr zu sehen. Man hatte ihr den Kuchenhandel auf der Kanzlei eingestellt, und ihres Vaters Laden zu betreten konnte ich mich nicht entschließen, da ich wußte, daß es dem meinigen mißfiel. Ja, als ich dem alten Griesler zufällig auf der Straße begegnete, wandte er sich mit einem grimmigen Gesichte von mir ab, und ich war wie niedergedonnert. Da holte ich denn, halbe Tage lang allein, meine Geige hervor und spielte und übte.

Es sollte aber noch schlimmer kommen. Das Glück unseres Hauses ging abwärts. Mein jüngster Bruder, ein eigenwilliger, ungestümer Mensch, Offizier bei den Dragonern, mußte eine unbesonnene Wette, infolge der er, vom Ritt erhitzt, mit Pferd und Rüstung durch die Donau schwamm – es war tief in Ungarn -, mit dem Leben bezahlen. Der ältere, geliebteste, war in einer Provinz am Ratstisch angestellt. In immerwährender Widersetzlichkeit gegen seinen Landesvorgesetzten und, wie sie sagten, heimlich dazu von unserem Vater aufgemuntert, erlaubte er sich sogar unrichtige Angaben, um seinem Gegner zu schaden. Es kam zur Untersuchung, und mein Bruder ging heimlich aus dem Lande. Die Feinde unseres Vaters, deren viele waren, benutzten den Anlaß, ihn zu stürzen. Von allen

Seiten angegriffen und ohnehin ingrimmig über die Abnahme seines Einflusses, hielt er täglich die angreifendsten Reden in der Ratssitzung. Mitten in einer derselben traf ihn ein Schlagfluß. Er wurde sprachlos nach Hause gebracht. Ich selbst erfuhr nichts davon. Des andern Tages auf der Kanzlei bemerkte ich wohl, daß sie heimlich flüsterten und mit den Fingern nach mir wiesen. Ich war aber derlei schon gewohnt und hatte kein Arges. Freitags darauf – es war mittwochs gewesen – wurde mir plötzlich ein schwarzer Anzug mit Flor auf die Stube gebracht. Ich erstaunte und fragte und erfuhr. Mein Körper ist sonst stark und widerhältig, aber da fiel's mich an mit Macht. Ich sank besinnungslos zu Boden. Sie trugen mich ins Bette, wo ich fieberte und irresprach den Tag hindurch und die ganze Nacht. Des andern Morgens hatte die Natur die Oberhand gewonnen, aber mein Vater war tot und begraben.

Ich hatte ihn nicht mehr sprechen können; ihn nicht um Verzeihung bitten wegen all des Kummers, den ich ihm gemacht; nicht mehr danken für die unverdienten Gnaden – ja Gnaden! denn seine Meinung war gut, und ich hoffe ihn einst wiederzufinden, wo wir nach unsern Absichten gerichtet werden und nicht nach unsern Werken.

Ich blieb mehrere Tage auf meinem Zimmer, kaum, daß ich Nahrung zu mir nahm. Endlich ging ich doch hervor, aber gleich nach Tische wieder nach Hause, und nur des Abends irrte ich in den dunkeln Straßen umher wie Kain, der Brudermörder. Die väterliche Wohnung war mir dabei ein Schreckbild, dem ich sorgfältigst aus dem Wege ging. Einmal aber, gedankenlos vor mich hinstarrend, fand ich mich plötzlich in der Nähe des gefürchteten Hauses. Meine Knie zitterten, daß ich mich anhalten mußte. Hinter mir an die Wand greifend, erkenne ich die Türe des Grieslerladens und darin sitzend Barbara, einen Brief in der Hand, neben ihr das Licht auf dem Ladentische und hart dabei in aufrechter Stellung ihr Vater, der ihr zuzusprechen schien. Und wenn es mein Leben gegolten hätte, ich mußte eintreten. Niemanden zu haben, dem man sein Leid klagen kann, niemanden, der Mitleid fühlt! Der Alte, wußte ich wohl, war auf mich erzürnt, aber das Mädchen sollte mir ein gutes Wort geben. Doch kam es ganz entgegengesetzt. Barbara stand auf, als ich eintrat, warf mir einen hochmütigen Blick zu und ging in die Nebenkammer, deren Türe sie abschloß. Der Alte aber faßte mich bei der Hand, hieß mich niedersetzen, tröstete mich, meinte aber auch, ich sei nun ein reicher Mann und hätte mich um niemanden mehr zu kümmern. Er fragte, wieviel ich geerbt hätte. Ich wußte das nicht. Er forderte mich auf, zu den Gerichten zu gehen, was ich versprach. In den Kanzleien, meinte er, sei nichts zu machen. Ich sollte meine Erbschaft im Handel anlegen. Knoppern und Früchte werfen guten Profit ab; ein Compagnon, der sich darauf verstände, könnte Groschen in Gulden verwandeln. Er selbst habe sich einmal viel damit abgegeben. Dabei rief er wiederholt nach dem Mädchen, die aber kein Lebenszeichen von sich gab. Doch schien mir, als ob ich an der Türe zuweilen rascheln hörte. Da sie aber immer nicht kam und der Alte nur vom Gelde redete, empfahl ich mich endlich und ging, wobei der Mann bedauerte, mich nicht begleiten zu können, da er allein im Laden sei. Ich war traurig über meine verfehlte Hoffnung und doch wunderbar getröstet. Als ich auf der Straße stehenblieb und nach dem Hause meines Vaters hinüberblickte, hörte ich plötzlich hinter mir eine Stimme, die gedämpft und im Tone des Unwillens sprach: Trauen Sie nicht gleich jedermann, man meint es nicht gut mit Ihnen. So schnell ich mich umkehrte, sah ich doch niemand; nur das Klirren eines Fensters im Erdgeschosse, das zu des Grieslers Wohnung gehörte, belehrte mich, wenn ich auch die Stimme nicht erkannt hätte, daß Barbara die geheime Warnerin war. Sie hatte also doch gehört, was im Laden gesprochen worden. Wollte sie mich vor ihrem Vater warnen? oder war ihr zu Ohren gekommen, daß gleich nach meines Vaters Tode teils Kollegen aus der Kanzlei, teils andere ganz unbekannte Leute mich mit Bitten um Unterstützung und Nothilfe angegangen, ich auch zugesagt, wenn ich erst zu Geld kommen würde. Was einmal versprochen, mußte ich halten, in Zukunft aber beschloß ich, vorsichtiger zu sein. Ich meldete mich wegen meiner Erbschaft. Es war weniger, als man geglaubt hatte, aber doch sehr viel, nahe an eilftausend Gulden. Mein Zimmer wurde den ganzen Tag von Bittenden und Hilfesuchenden nicht leer. Ich war aber beinahe hart geworden und gab nur, wo die Not am größten war. Auch Barbaras Vater kam. Er schmälte, daß ich sie schon drei Tage nicht besucht, worauf ich der Wahrheit gemäß erwiderte, daß ich fürchte, seiner Tochter zur Last zu sein. Er aber sagte, das solle mich nicht kümmern, er habe ihr schon den Kopf zurechtgesetzt, wobei er auf eine boshafte Art lachte, so daß ich erschrak. Dadurch an Barbaras Warnung rückerinnert, verhehlte ich, als wir bald im Gespräche darauf kamen, den Betrag meiner Erbschaft; auch seinen Handelsvorschlägen wich ich geschickt aus.

Wirklich lagen mir bereits andere Aussichten im Kopfe. In der Kanzlei, wo man mich nur meines Vaters wegen geduldet hatte, war mein Platz bereits durch einen andern besetzt, was mich, da kein Gehalt damit verbunden war, wenig kümmerte. Aber der Sekretär meines Vaters, der durch die letzten Ereignisse brotlos geworden, teilte mir den Plan zur Errichtung eines Auskunfts-, Kopier- und Übersetzungs-Comptoirs mit, wozu ich die ersten Einrichtungskosten vorschießen sollte, indes er selbst die Direktion zu übernehmen bereit war. Auf mein Andringen wurden die Kopierarbeiten auch auf Musikalien ausgedehnt, und nun war ich in meinem Glücke. Ich gab das erforderliche Geld, ließ mir aber, schon vorsichtig geworden, eine Handschrift darüber ausstellen. Die

Kaution für die Anstalt, die ich gleichfalls vorschoß, schien, obgleich beträchtlich, kaum der Rede wert, da sie bei den Gerichten hinterlegt werden mußte und dort mein blieb, als hätte ich sie in meinem Schranke.

Die Sache war abgetan und ich fühlte mich erleichtert, erhoben, zum ersten Male in meinem Leben selbständig, ein Mann. Kaum, daß ich, meines Vaters noch gedachte. Ich bezog eine bessere Wohnung, änderte einiges in meiner Kleidung und ging, als es Abend geworden, durch wohlbekannte Straßen nach dem Grieslerladen, wobei ich mit den Füßen schlenkerte und mein Lied zwischen den Zähnen summte, obwohl nicht ganz richtig. Das B in der zweiten Hälfte habe ich mit der Stimme nie treffen können. Froh und guter Dinge langte ich an, aber ein eiskalter Blick Barbaras warf mich sogleich in meine frühere Zaghaftigkeit zurück. Der Vater empfing mich aufs beste, sie aber tat, als ob niemand zugegen wäre, fuhr fort, Papiertüten zu wickeln, und mischte sich mit keinem Worte in unser Gespräch. Nur als die Rede auf meine Erbschaft kam, fuhr sie mit halbem Leibe empor und sagte fast drohend: Vater! worauf der Alte sogleich den Gegenstand änderte. Sonst sprach sie den ganzen Abend nichts, gab mir keinen zweiten Blick, und als ich mich endlich empfahl, klang ihr: Guten Abend! beinahe wie ein Gott sei Dank!

Aber ich kam wieder und wieder, und sie gab allmählich nach. Nicht als ob ich ihr irgend etwas zu Danke gemacht hätte. Sie schalt und tadelte mich unaufhörlich. Alles war ungeschickt; Gott hatte mir zwei linke Hände erschaffen; mein Rock saß wie an einer Vogelscheuche; ich ging wie die Enten, mit einer Anmahnung an den Haushahn. Besonders zuwider war ihr meine Höflichkeit gegen die Kunden. Da ich nämlich bis zur Eröffnung der Kopieranstalt ohne Beschäftigung war und überlegte, daß ich dort mit dem

Publikum zu tun haben würde, so nahm ich, als Vorübung, an dem Kleinverkauf im Grieslergewölbe tätigen Anteil, was mich oft halbe Tage lang festhielt. Ich wog Gewürz ab, zählte den Knaben Nüsse und Welkpflaumen zu, gab klein Geld heraus; letzteres nicht ohne häufige Irrungen, wo denn immer Barbara dazwischenfuhr, gewalttätig wegnahm, was ich eben in den Händen hielt, und mich vor den Kunden verlachte und verspottete. Machte ich einem der Käufer einen Bückling oder empfahl mich ihnen, so sagte sie barsch, ehe die Leute noch zur Türe hinaus waren: Die Ware empfiehlt! und kehrte mir den Rücken. Manchmal aber wieder war sie ganz Güte. Sie hörte mir zu, wenn ich erzählte, was in der Stadt vorging; aus meinen Kinderjahren; von dem Beamtenwesen in der Kanzlei, wo wir uns zuerst kennengelernt. Dabei ließ sie mich aber immer allein sprechen und gab nur durch einzelne Worte ihre Billigung oder – was öfter der Fall war – ihre Mißbilligung zu erkennen.

Von Musik oder Gesang war nie die Rede. Erstlich meinte sie, man müsse entweder singen oder das Maul halten, zu reden sei da nichts. Das Singen selbst aber ging nicht an. Im Laden war es unziemlich, und die Hinterstube, die sie und ihr Vater gemeinschaftlich bewohnten, durfte ich nicht betreten. Einmal aber, als ich unbemerkt zur Türe hereintrat, stand sie eben auf den Zehenspitzen emporgerichtet, den Rücken mir zugekehrt und mit den erhobenen Händen, wie man nach etwas sucht, auf einem der höheren Stellbretter herumtastend. Und dabei sang sie leise in sich hinein. – Es war das Lied, mein Lied! – Sie aber zwitscherte wie eine Grasmücke, die am Bache das Hälslein wäscht und das Köpfchen herumwirft und die Federn sträubt und wieder glättet mit dem Schnäblein. Mir war, als ginge ich auf grünen Wiesen. Ich schlich näher und näher und war schon so nahe, daß das Lied nicht mehr von außen, daß es aus mir herauszutönen schien, ein Gesang der Seelen. Da konnte ich mich nicht mehr halten und faßte mit beiden

Händen ihren in der Mitte nach vorn strebenden und mit den Schultern gegen mich gesenkten Leib. Da aber kam's. Sie wirbelte wie ein Kreisel um sich selbst. Glutrot vor Zorn im Gesichte stand sie vor mir da; ihre Hand zuckte, und ehe ich mich entschuldigen konnte -

Sie hatten, wie ich schon früher berichtet, auf der Kanzlei öfter von einer Ohrfeige erzählt, die Barbara, noch als Kuchenhändlerin, einem Zudringlichen gegeben. Was sie da sagten von der Stärke des eher klein zu nennenden Mädchens und der Schwungkraft ihrer Hand, schien höchlich und zum Scherze übertrieben. Es verhielt sich aber wirklich so und ging ins Riesenhafte. Ich stand wie vom Donner getroffen. Die Lichter tanzten mir vor den Augen. – Aber es waren Himmelslichter. Wie Sonne, Mond und Sterne; wie die Engelein, die Versteckens spielen und dazu singen. Ich hatte Erscheinungen, ich war verzückt. Sie aber, kaum minder erschrocken als ich, fuhr mit ihrer Hand wie begütigend über die geschlagene Stelle. Es mag wohl zu stark ausgefallen sein, sagte sie, und – wie ein zweiter Blitzstrahl – fühlte ich plötzlich ihren warmen Atem auf meiner Wange und ihre zwei Lippen, und sie küßte mich; nur leicht, leicht; aber es war ein Kuß auf diese meine Wange, hier!“ Dabei klatschte der alte Mann auf seine Backe, und die Tränen traten ihm aus den Augen. „Was nun weiter geschah, weiß ich nicht“, fuhr er fort. „Nur daß ich auf sie losstürzte und sie in die Wohnstube lief und die Glastüre zuhielt, während ich von der andern Seite nachdrängte. Wie sie nun zusammengekrümmt und mit aller Macht sich entgegenstemmend gleichsam an dem Türfenster klebte, nahm ich mir ein Herz, verehrtester Herr, und gab ihr ihren Kuß heftig zurück, durch das Glas.

Oho, hier geht's lustig her! hörte ich hinter mir rufen. Es war der Griesler, der eben nach Hause kam. Nu, was sich neckt – sagte er.

Komm nur heraus, Bärbe, und mach keine Dummheiten! Einen Kuß in Ehren kann niemand wehren. – Sie aber kam nicht. Ich selbst entfernte mich nach einigen halb bewußtlos gestotterten Worten, wobei ich den Hut des Grieslers statt des meinigen nahm, den er lachend mir in der Hand austauschte. Das war, wie ich ihn schon früher nannte, der Glückstag meines Lebens. Fast hätte ich gesagt: der einzige, was aber nicht wahr wäre, denn der Mensch hat viele Gnaden von Gott.

Ich wußte nicht recht, wie ich im Sinne des Mädchens stand. Sollte ich sie mir mehr erzürnt oder mehr begütigt denken? Der nächste Besuch kostete einen schweren Entschluß. Aber sie war gut. Demütig und still, nicht auffahrend wie sonst, saß sie da bei einer Arbeit. Sie winkte mit dem Kopfe auf einen nebenstehenden Schemel, daß ich mich setzen und ihr helfen sollte. So saßen wir denn und arbeiteten. Der Alte wollte hinausgehen. Bleibt doch da, Vater, sagte sie; was Ihr besorgen wollt, ist schon abgetan. Er trat mit dem Fuße hart auf den Boden und blieb. Ab- und zugehend sprach er von diesem und jenem, ohne daß ich mich in das Gespräch zu mischen wagte. Da stieß das Mädchen plötzlich einen kleinen Schrei aus. Sie hatte sich beim Arbeiten einen Finger geritzt, und obgleich sonst gar nicht weichlich, schlenkerte sie mit der Hand hin und her. Ich wollte zusehen, aber sie bedeutete mich, fortzufahren. Alfanzerei und kein Ende! brummte der Alte, und vor das Mädchen hintretend, sagte er mit starker Stimme: Was zu besorgen war, ist noch gar nicht getan! und so ging er schallenden Trittes zur Türe hinaus. Ich wollte nun anfangen, mich von gestern her zu entschuldigen; sie aber unterbrach mich und sagte: Lassen wir das und sprechen wir jetzt von gescheitern Dingen.

Sie hob den Kopf empor, maß mich vom Scheitel bis zur Zehe und fuhr in ruhigem Tone fort: Ich weiß kaum selbst mehr den Anfang unserer Bekanntschaft, aber Sie kommen seit einiger Zeit öfter und öfter, und wir haben uns an Sie gewöhnt. Ein ehrliches Gemüt wird Ihnen niemand abstreiten, aber Sie sind schwach, immer auf Nebendinge gerichtet, so daß Sie kaum imstande wären, Ihren eigenen Sachen selbst vorzustehen. Da wird es denn Pflicht und Schuldigkeit von Freunden und Bekannten, ein Einsehen zu haben, damit Sie nicht zu Schaden kommen. Sie versitzen hier halbe Tage im Laden, zählen und wägen, messen und markten; aber dabei kommt nichts heraus. Was gedenken Sie in Zukunft zu tun, um Ihr Fortkommen zu haben? Ich erwähnte der Erbschaft meines Vaters. Die mag recht groß sein, sagte sie. Ich nannte den Betrag. Das ist viel und wenig, erwiderte sie. Viel, um etwas damit anzufangen; wenig, um vom Breiten zu zehren. Mein Vater hat Ihnen zwar einen Vorschlag getan, ich riet Ihnen aber ab. Denn einmal hat er schon selbst Geld bei derlei Dingen verloren, dann, setzte sie mit gesenkter Stimme hinzu, ist er so gewohnt, von Fremden Gewinn zu ziehen, daß er es Freunden vielleicht auch nicht besser machen würde. Sie müssen jemand an der Seite haben, der es ehrlich meint. – Ich wies auf sie. – Ehrlich bin ich, sagte sie. Dabei legte sie die Hand auf die Brust, und ihre Augen, die sonst ins Graulichte spielten, glänzten hellblau, himmelblau. Aber mit mir hat's eigene Wege. Unser Geschäft wirft wenig ab, und mein Vater geht mit dem Gedanken um, einen Schenkladen aufzurichten. Da ist denn kein Platz für mich. Mir bliebe nur Handarbeit, denn dienen mag ich nicht. Und dabei sah sie aus wie eine Königin. Man hat mir zwar einen andern Antrag gemacht, fuhr sie fort, indem sie einen Brief aus ihrer Schürze zog und halb widerwillig auf den Ladentisch warf; aber da müßte ich fort von hier. – Und weit? fragte ich. Warum? was kümmert Sie das? – Ich erklärte, daß ich an denselben Ort hinziehen wollte. – Sind Sie ein Kind! sagte sie. Das ginge nicht an und wären ganz andere Dinge. Aber wenn Sie Vertrauen zu mir haben und gerne in meiner Nähe sind, so bringen Sie den Putzladen an sich, der hier nebenan zu Verkauf steht. Ich verstehe das Werk, und um den bürgerlichen Gewinn aus Ihrem Gelde dürften sie nicht verlegen sein. Auch fänden Sie selbst mit Rechnen und Schreiben eine ordentliche Beschäftigung. Was sich etwa noch weiter ergäbe, davon wollen wir jetzt nicht reden. – Aber ändern müßten Sie sich! Ich hasse die weibischen Männer.

Ich war aufgesprungen und griff nach meinem Hute. Was ist? wo wollen Sie hin? fragte sie. Alles abbestellen, sagte ich mit kurzem Atem. –Was denn? – Ich erzählte ihr nun meinen Plan zur Errichtung eines Schreib- und Auskunfts-Comptoirs. Da kommt nicht viel heraus, meinte sie. Auskunft einziehen kann ein jeder selbst und schreiben hat auch ein jeder gelernt in der Schule. Ich bemerkte, daß auch Musikalien kopiert werden sollten, was nicht jedermanns Sache sei. Kommen Sie schon wieder mit solchen Albernheiten? fuhr sie mich an. Lassen Sie das Musizieren und denken Sie auf die Notwendigkeit! Auch wären Sie nicht imstande, einem Geschäfte selbst vorzustehen. Ich erklärte, daß ich einen Compagnon gefunden hätte. Einen Compagnon? rief sie aus. Da will man Sie gewiß betrügen! Sie haben doch noch kein Geld hergegeben? – Ich zitterte, ohne zu wissen, warum. – Haben Sie Geld gegeben? fragte sie noch einmal. Ich gestand die dreitausend Gulden zur ersten Einrichtung. – Dreitausend Gulden? rief sie, so vieles Geld! – Das übrige, fuhr ich fort, ist bei den Gerichten hinterlegt und jedenfalls sicher. – Also noch mehr? schrie sie auf. – Ich gab den Betrag der Kaution an. – Und haben Sie die selbst bei den Gerichten angelegt? – Es war durch meinen Compagnon geschehen. – Sie haben doch einen Schein darüber? – Ich hatte keinen Schein. Und wie heißt Ihr sauberer Compagnon? fragte sie weiter. Ich war einigermaßen beruhigt, ihr den Sekretär meines Vaters nennen zu können.

Gott der Gerechte! rief sie aufspringend und die Hände zusammenschlagend. Vater! Vater! – Der Alte trat herein. – Was habt Ihr heute aus den Zeitungen gelesen? – Von dem Sekretarius? sprach er. – Wohl! wohl! – Nun, der ist durchgegangen, hat Schulden über Schulden hinterlassen und die Leute betrogen. Sie verfolgen ihn mit Steckbriefen! – Vater, rief sie, er hat ihm auch sein Geld anvertraut. Er ist zugrunde gerichtet. – Potz Dummköpfe und kein Ende! schrie der Alte. Hab ich's nicht immer gesagt? Aber das war ein Entschuldigen. Einmal lachte sie über ihn, dann war er wieder ein redliches Gemüt. Aber ich will dazwischenfahren! Ich will zeigen, wer Herr im Hause ist. Du, Barbara, marsch hinein in die Kammer! Sie aber, Herr, machen Sie, daß Sie fortkommen, und verschonen uns künftig mit Ihren Besuchen. Hier wird kein Almosen gereicht. – Vater, sagte das Mädchen, seid nicht hart gegen ihn, er ist ja doch unglücklich genug. – Eben darum, rief der Alte, will ich's nicht auch werden. Das, Herr, fuhr er fort, indem er auf den Brief zeigte, den Barbara vorher auf den Tisch geworfen hatte, das ist ein Mann! Hat Grütz' im Kopfe und Geld im Sack. Betrügt niemanden, läßt sich aber auch nicht betrügen; und das ist die Hauptsache bei der Ehrlichkeit. – Ich stotterte, daß der Verlust der Kaution noch nicht gewiß sei. – Ja, rief er, wird ein Narr gewesen sein, der Sekretarius! Ein Schelm ist er, aber pfiffig. Und nun gehen Sie nur rasch, vielleicht holen Sie ihn noch ein! Dabei hatte er mir die flache Hand auf die Schulter gelegt und schob mich gegen die Türe. Ich wich dem Drucke seitwärts aus und wendete mich gegen das Mädchen, die, auf den Ladentisch gestützt, dastand, die Augen auf den Boden gerichtet, wobei die Brust heftig auf und nieder ging. Ich wollte mich ihr nähern, aber sie stieß zornig mit dem Fuße auf den Boden, und als ich meine Hand ausstreckte, zuckte sie mit der ihren halb empor, als ob sie mich wieder schlagen wollte. Da ging ich, und der Alte schloß die Tür hinter mir zu.

Ich wankte durch die Straßen zum Tor hinaus, ins Feld. Manchmal fiel mich die Verzweiflung an, dann kam aber wieder Hoffnung. Ich erinnerte mich, bei Anlegung der Kaution den Sekretär zum Handelsgericht begleitet zu haben. Dort hatte ich unter dem Torwege gewartet, und er war allein hinaufgegangen. Als er herabkam, sagte er, alles sei berichtigt, der Empfangsschein werde mir ins Haus geschickt werden. Letzteres war freilich nicht geschehen, aber Möglichkeit blieb noch immer. Mit anbrechendem Tage kam ich zur Stadt zurück. Mein erster Gang war in die Wohnung des Sekretärs. Aber die Leute lachten und fragten, ob ich die Zeitungen nicht gelesen hätte? Das Handelsgericht lag nur wenige Häuser davon ab. Ich ließ in den Büchern nachschlagen, aber weder sein Name noch meiner kamen darin vor. Von einer Einzahlung keine Spur. So war denn mein Unglück gewiß. Ja, beinahe wäre es noch schlimmer gekommen. Denn da ein Gesellschaftskontrakt bestand, wollten mehrere seiner Gläubiger auf meine Person greifen. Aber die Gerichte gaben es nicht zu. Lob und Dank sei ihnen dafür gesagt! Obwohl es auf eines herausgekommen wäre.

In all diesen Widerwärtigkeiten war mir, gestehe ich's nur, der Griesler und seine Tochter ganz in den Hintergrund getreten. Nun, da es ruhiger wurde und ich anfing zu überlegen, was etwa weiter geschehen sollte, kam mir die Erinnerung an den letzten Abend lebhaft zurück. Den Alten, eigennützig wie er war, begriff ich ganz wohl, aber das Mädchen. Manchmal kam mir in den Sinn, daß, wenn ich das Meinige zu Rate gehalten und ihr eine Versorgung hätte anbieten können, sie wohl gar – aber sie hätte mich nicht gemocht.“ – Dabei besah er mit auseinanderfallenden Händen seine ganze dürftige Gestalt. – „Auch war ihr mein höfliches Benehmen gegen jedermann immer zuwider.

So verbrachte ich ganze Tage, sann und überlegte. Eines Abends im Zwielicht – es war die Zeit, die ich gewöhnlich im Laden zuzubringen pflegte – saß ich wieder und versetzte mich in Gedanken an die gewohnte Stelle. Ich hörte sie sprechen, auf mich schmähen, ja es schien, sie verlachten mich. Da raschelte es plötzlich an der Türe, sie ging auf, und ein Frauenzimmer trat herein. – Es war Barbara. – Ich saß auf meinem Stuhl angenagelt, als ob ich ein Gespenst sähe. Sie war blaß und trug ein Bündel unter dem Arme. In die Mitte des Zimmers gekommen, blieb sie stehen, sah rings an den kahlen Wänden umher, dann nach abwärts auf das ärmliche Geräte und seufzte tief. Dann ging sie an den Schrank, der zur Seite an der Mauer stand, wickelte ihr Paket auseinander, das einige Hemden und Tücher enthielt – sie hatte in der letzten Zeit meine Wäsche besorgt -, zog die Schublade heraus, schlug die Hände zusammen, als sie den spärlichen Inhalt sah, fing aber gleich darauf an, die Wäsche in Ordnung zu bringen und die mitgebrachten Stücke einzureihen. Darauf trat sie ein paar Schritte vom Schranke hinweg, und die Augen auf mich gerichtet, wobei sie mit dem Finger auf die offene Schublade zeigte, sagte sie: Fünf Hemden und drei Tücher. So viel habe ich gehabt, so viel bringe ich zurück. Dann drückte sie langsam die Schublade zu, stützte sich mit der Hand auf den Schrank und fing laut an zu weinen. Es schien fast, als ob ihr schlimm würde, denn sie setzte sich auf einen Stuhl neben dem Schranke, verbarg das Gesicht in ihr Tuch, und ich hörte aus den stoßweise geholten Atemzügen, daß sie noch immer fortweinte. Ich war leise in ihre Nähe getreten und faßte ihre Hand, die sie mir gutwillig ließ. Als ich aber, um ihre Blicke auf mich zu ziehen, an dem schlaff hängenden Arme bis zum Ellenbogen emporrückte, stand sie rasch auf, machte ihre Hand los und sagte in gefaßtem Tone: Was nützt das alles? es ist nun einmal so. Sie haben es selbst gewollt, sich und uns haben Sie unglücklich gemacht; aber freilich sich selbst am meisten. Eigentlich verdienen Sie kein Mitleid – hier wurde sie immer heftiger -, wenn man so schwach ist, seine eigenen Sachen nicht in Ordnung halten zu können; so leichtgläubig, daß man jedem traut, gleichviel ob es ein Spitzbube ist oder ein ehrlicher Mann. – Und doch tut's mir leid um Sie. Ich bin gekommen, um Abschied zu nehmen. Ja, erschrecken Sie nur. Ist's doch Ihr Werk. Ich muß nun hinaus unter die groben Leute, wogegen ich mich so lange gesträubt habe. Aber da ist kein Mittel. Die Hand habe ich Ihnen schon gegeben, und so leben Sie wohl – für immer. Ich sah, daß ihr die Tränen wieder ins Auge traten, aber sie schüttelte unwillig mit dem Kopfe und ging. Mir war, als hätte ich Blei in den Gliedern. Gegen die Türe gekommen, wendete sie sich noch einmal um und sagte: Die Wäsche ist jetzt in Ordnung. Sehen Sie zu, daß nichts abgeht. Es werden harte Zeiten kommen. Und nun hob sie die Hand auf, machte wie ein Kreuzeszeichen in die Luft und rief: Gott mit dir, Jakob! – In alle Ewigkeit, Amen! setzte sie leiser hinzu und ging.

Nun erst kam mir der Gebrauch meiner Glieder zurück. Ich eilte ihr nach, und auf dem Treppenabsatze stehend, rief ich ihr nach: Barbara! Ich hörte, daß sie auf der Stiege stehenblieb. Wie ich aber die erste Stufe hinabstieg, sprach sie von unten herauf: Bleiben Sie! und ging die Treppe vollends hinab und zum Tore hinaus.

Ich habe seitdem harte Tage erlebt, keinen aber wie diesen; selbst der darauffolgende war es minder. Ich wußte nämlich doch nicht so recht, wie ich daran war, und schlich daher am kommenden Morgen in der Nähe des Grieslerladens herum, ob mir vielleicht einige Aufklärung würde. Da sich aber nichts zeigte, blickte ich endlich seitwärts in den Laden hinein und sah eine fremde Frau, die abwog und Geld herausgab und zuzählte. Ich wagte mich hinein und fragte, ob sie den Laden an sich gekauft hätte? Zur Zeit noch nicht, sagte sie. – Und wo die Eigentümer wären? – Die sind heute frühmorgens nach Langenlebarn gereist. – Die Tochter auch? stammelte ich. – Nun freilich auch, sagte sie, sie macht ja Hochzeit dort.

Die Frau mochte mir nun alles erzählt haben, was ich in der Folge von andern Leuten erfuhr. Der Fleischer des genannten Ortes nämlich – derselbe, den ich zur Zeit meines ersten Besuches im Laden antraf – hatte dem Mädchen seit lange Heiratsanträge gemacht, denen sie immer auswich, bis sie endlich in den letzten Tagen, von ihrem Vater gedrängt und an allem übrigen verzweifelnd, einwilligte. Desselben Morgens waren Vater und Tochter dahin abgereist, und in dem Augenblick, da wir sprachen, war Barbara des Fleischers Frau.

Die Verkäuferin mochte mir, wie gesagt, das alles erzählt haben, aber ich hörte nicht und stand regungslos, bis endlich Kunden kamen, die mich zur Seite schoben, und die Frau mich anfuhr, ob ich noch sonst etwas wollte, worauf ich mich entfernte.

Sie werden glauben, verehrtester Herr“, fuhr er fort, „daß ich mich nun als den unglücklichsten aller Menschen fühlte. Und so war es auch im ersten Augenblicke. Als ich aber aus dem Laden heraustrat und, mich umwendend, auf die kleinen Fenster zurückblickte, an denen Barbara gewiß oft gestanden und herausgesehen hatte, da kam eine selige Empfindung über mich. Daß sie nun alles Kummers los war, Frau im eigenen Hause, und nicht nötig hatte, wie wenn sie ihre Tage an einen Herd- und Heimatlosen geknüpft hätte, Kummer und Elend zu tragen, das legte sich wie ein lindernder Balsam auf meine Brust, und ich segnete sie und ihre Wege.

Wie es nun mit mir immer mehr herabkam, beschloß ich durch Musik mein Fortkommen zu suchen; und solange der Rest meines Geldes währte, übte und studierte ich mir die Werke großer Meister, vorzüglich der alten, ein, welche ich abschrieb; und als nun der letzte Groschen ausgegeben war, schickte ich mich an, von meinen Kenntnissen Vorteil zu ziehen, und zwar anfangs in geschlossenen Gesellschaften, wozu ein Gastgebot im Hause meiner Mietfrau den ersten Anlaß gab. Als aber die von mir vorgetragenen Kompositionen dort keinen Anklang fanden, stellte ich mich in die Höfe der Häuser, da unter so vielen Bewohnern doch einige sein mochten, die das Ernste zu schätzen wußten – ja endlich auf die öffentlichen Spaziergänge, wo ich denn wirklich die Befriedigung hatte, daß einzelne stehenblieben, zuhörten, mich befragten und nicht ohne Anteil weitergingen. Daß sie mir dabei Geld hinlegten, beschämte mich nicht. Denn einmal war gerade das mein Zweck, dann sah ich auch, daß berühmte Virtuosen, welche erreicht zu haben ich mir nicht schmeicheln konnte, sich für ihre Leistungen, und mitunter sehr hoch, honorieren ließen. So habe ich mich, obzwar ärmlich, aber redlich fortgebracht bis diesen Tag.

Nach Jahren sollte mir noch ein Glück zuteil werden. Barbara kam zurück. Ihr Mann hatte Geld verdient und ein Fleischhauergewerbe in einer der Vorstädte an sich gebracht. Sie war Mutter von zwei Kindern, von denen das älteste Jakob heißt, wie ich. Meine Berufsgeschäfte und die Erinnerung an alte Zeiten erlaubten mir nicht, zudringlich zu sein, endlich ward ich aber selbst ins Haus bestellt, um dem ältesten Knaben Unterricht auf der Violine zu geben. Er hat zwar nur wenig Talent, kann auch nur an Sonntagen spielen, da ihn in der Woche der Vater beim Geschäft verwendet, aber Barbaras Lied, das ich ihn gelehrt, geht doch schon recht gut; und wenn wir so üben und hantieren, singt manchmal die Mutter mit darein. Sie hat sich zwar sehr verändert in den vielen Jahren, ist stark geworden und kümmert sich wenig mehr um Musik, aber es klingt noch immer so hübsch wie damals.“ Und damit ergriff der Alte seine Geige und fing an, das Lied zu spielen, und spielte fort und fort, ohne sich weiter um mich zu kümmern. Endlich hatte ich's satt, stand auf, legte ein paar Silberstücke auf den nebenstehenden Tisch und ging, während der Alte eifrig immer fortgeigte.

Bald darauf trat ich eine Reise an, von der ich erst mit einbrechendem Winter zurückkam. Die neuen Bilder hatten die alten verdrängt, und mein Spielmann war so ziemlich vergessen. Erst bei Gelegenheit des furchtbaren Eisganges im nächsten Frühjahre und der damit in Verbindung stehenden Überschwemmung der niedrig gelegenen Vorstädte erinnerte ich mich wieder an ihn. Die Umgegend der Gärtnergasse war zum See geworden. Für des alten Mannes Leben schien nichts zu besorgen, wohnte er doch hoch oben am Dache, indes unter den Bewohnern der Erdgeschosse sich der Tod seine nur zu häufigen Opfer ausersehen hatte. Aber entblößt von aller Hilfe, wie groß mochte seine Not sein! Solange die Überschwemmung währte, war nichts zu tun, auch hatten die Behörden nach Möglichkeit auf Schiffen Nahrung und Beistand den Abgeschnittenen gespendet. Als aber die Wasser verlaufen und die Straßen gangbar geworden waren, beschloß ich, meinen Anteil an der in Gang gebrachten, zu unglaublichen Summen angewachsenen Kollekte persönlich an die mich zunächst angehende Adresse zu befördern.

Der Anblick der Leopoldstadt war grauenhaft. In den Straßen zerbrochene Schiffe und Gerätschaften, in den Erdgeschossen zum Teil noch stehendes Wasser und schwimmende Habe. Als ich, dem Gedränge ausweichend, an ein zugelehntes Hoftor hintrat, gab dieses nach und zeigte im Torwege eine Reihe von Leichen, offenbar behufs der amtlichen Inspektion zusammengebracht und hingelegt; ja, im Innern der Gemächer waren noch hie und da, aufrecht stehend und an die Gitterfenster angekrallt, verunglückte Bewohner zu sehen, – es fehlte eben an Zeit und Beamten, die gerichtliche Konstatierung so vieler Todesfälle vorzunehmen.

So schritt ich weiter und weiter. Von allen Seiten Weinen und Trauergeläute, suchende Mütter und irregehende Kinder. Endlich kam ich an die Gärtnergasse. Auch dort hatten sich die schwarzen Begleiter eines Leichenzuges aufgestellt, doch, wie es schien, entfernt von dem Hause, das ich suchte. Als ich aber nähertrat, bemerkte ich wohl eine Verbindung von Anstalten und Hin- und Hergehenden zwischen dem Trauergeleite und der Gärtnerswohnung. Am Haustor stand ein wacker aussehender, ältlicher, aber noch kräftiger Mann. In hohen Stiefeln, gelben Lederhosen und langherabgehendem Leibrocke sah er einem Landfleischer ähnlich. Er gab Aufträge, sprach aber dazwischen ziemlich gleichgültig mit den Nebenstehenden. Ich ging an ihm vorbei und trat in den Hofraum. Die alte Gärtnerin kam mir entgegen, erkannte mich auf der Stelle wieder und begrüßte mich unter Tränen. „Geben Sie uns auch die Ehre?" sagte sie. „Ja, unser armer Alter! der musiziert jetzt mit den lieben Engeln, die auch nicht viel besser sein können, als er es war. Die ehrliche Seele saß da oben sicher in seiner Kammer. Als aber das Wasser kam und er die Kinder schreien hörte, da sprang er herunter und rettete und schleppte und trug und brachte in Sicherheit, daß ihm der Atem ging wie ein Schmiedegebläs. Ja – wie man denn nicht überall seine Augen haben kann – als sich ganz zuletzt zeigte, daß mein Mann seine Steuerbücher und die paar Gulden Papiergeld im Wandschrank vergessen hatte, nahm der Alte ein Beil, ging ins Wasser, das ihm schon an die Brust reichte, erbrach den Schrank und brachte alles treulich. Da hatte er sich wohl verkältet, und wie im ersten Augenblicke denn keine Hilfe zu haben war, griff er in die Phantasie und wurde immer schlechter und schlechter, ob wir ihm gleich beistanden nach Möglichkeit und mehr dabei litten als er selbst. Denn er musizierte in einem fort, mit der Stimme nämlich, und schlug den Takt und gab Lektionen. Als sich das Wasser ein wenig verlaufen hatte und wir den Bader holen konnten und den Geistlichen, richtete er sich plötzlich im Bette auf, wendete Kopf und Ohr seitwärts, als ob er in der Entfernung etwas gar Schönes hörte, lächelte, sank zurück und war tot. Gehen Sie nur hinauf, er hat oft von Ihnen gesprochen. Die Madame ist auch oben. Wir haben ihn auf unsere Kosten begraben lassen wollen, die Frau Fleischermeisterin gab es aber nicht zu."

Sie drängte mich die steile Treppe hinauf bis zur Dachstube, die offen stand und ganz ausgeräumt war bis auf den Sarg in der Mitte, der, bereits geschlossen, nur der Träger wartete. An dem Kopfende saß eine ziemlich starke Frau, über die Hälfte des Lebens hinaus, im buntgedruckten Kattunüberrocke, aber mit schwarzem Halstuch und schwarzem Band auf der Haube. Es schien fast, als ob sie nie schön gewesen sein konnte. Vor ihr standen zwei ziemlich erwachsene Kinder, ein Bursche und ein Mädchen, denen sie offenbar Unterricht gab, wie sie sich beim Leichenzuge zu benehmen hätten. Eben als ich eintrat, stieß sie dem Knaben, der sich ziemlich tölpisch auf den Sarg gelehnt hatte, den Arm herunter und glättete sorgfältig die herausstehenden Kanten des Leichentuches wieder zurecht. Die Gärtnersfrau führte mich vor; da fingen aber unten die Posaunen an zu blasen, und zugleich erscholl die Stimme des Fleischers von der Straße herauf: Barbara, es ist Zeit! Die Träger erschienen, ich zog mich zurück, um Platz zu machen. Der Sarg ward erhoben, hinabgebracht, und der Zug setzte sich in Bewegung. Voraus die Schuljugend mit Kreuz und Fahne, der Geistliche mit dem Kirchendiener. Unmittelbar nach dem Sarge die beiden Kinder des Fleischers und hinter ihnen das Ehepaar. Der Mann bewegte unausgesetzt, als in Andacht, die Lippen, sah aber dabei links und rechts um sich. Die Frau las eifrig in ihrem Gebetbuche, nur machten ihr die beiden Kinder zu schaffen, die sie einmal vorschob, dann wieder zurückhielt, wie ihr denn überhaupt die Ordnung des Leichenzuges sehr am Herzen zu liegen schien. Immer aber kehrte sie wieder zu ihrem Buche zurück. So kam das Geleite zum Friedhof. Das Grab war geöffnet. Die Kinder warfen die ersten Handvoll Erde hinab. Der Mann tat stehend dasselbe. Die Frau kniete und hielt ihr Buch nahe an die Augen. Die Totengräber vollendeten ihr Geschäft, und der Zug, halb aufgelöst, kehrte zurück. An der Türe gab es noch einen kleinen Wortwechsel, da die Frau eine Forderung des Leichenbesorgers offenbar zu hoch fand. Die Begleiter zerstreuten sich nach allen Richtungen. Der alte Spielmann war begraben.

Ein paar Tage darauf – es war ein Sonntag – ging ich, von meiner psychologischen Neugierde getrieben, in die Wohnung des Fleischers und nahm zum Vorwande, daß ich die Geige des Alten als Andenken zu besitzen wünschte. Ich fand die Familie beisammen ohne Spur eines zurückgebliebenen besondern Eindrucks. Doch hing die Geige mit einer Art Symmetrie geordnet neben dem Spiegel und einem Kruzifix gegenüber an der Wand. Als ich mein Anliegen erklärte und einen verhältnismäßig hohen Preis anbot, schien der Mann nicht abgeneigt, ein vorteilhaftes Geschäft zu machen. Die Frau aber fuhr vom Stuhle empor und sagte: „Warum nicht gar! Die Geige gehört unserem Jakob, und auf ein paar Gulden mehr oder weniger kommt es uns nicht an!“ Dabei nahm sie das Instrument von der Wand, besah es von allen Seiten, blies den Staub herab und legte es in die Schublade, die sie, wie einen Raub befürchtend, heftig zustieß und abschloß. Ihr Gesicht war dabei von mir abgewandt, so daß ich nicht sehen konnte, was etwa darauf vorging. Da nun zu gleicher Zeit die Magd mit der Suppe eintrat und der Fleischer, ohne sich durch den Besuch stören zu lassen, mit lauter Stimme sein Tischgebet anhob, in das die Kinder gellend einstimmten, wünschte ich gesegnete Mahlzeit und ging zur Türe hinaus. Mein letzter Blick traf die Frau. Sie hatte sich umgewendet, und die Tränen liefen ihr stromweise über die Backen.

In Wien ist der Sonntag nach dem Vollmonde im Monat Juli jedes Jahres samt dem darauffolgenden Tage ein eigentliches Volksfest, wenn je ein Fest diesen Namen verdient hat. Das Volk besucht es und gibt es selbst; und wenn Vornehmere dabei erscheinen, so können sie es nur in ihrer Eigenschaft als Glieder des Volks. Da ist keine Möglichkeit der Absonderung; wenigstens vor einigen Jahren noch war keine.

An diesem Tage feiert die mit dem Augarten, der Leopoldstadt, dem Prater in ununterbrochener Lustreihe zusammenhängende Brigittenau ihre Kirchweihe. Von Brigittenkirchtag zu Brigittenkirchtag zählt seine guten Tage das arbeitende Volk. Lange erwartet, erscheint endlich das saturnalische Fest. Da entsteht Aufruhr in der gutmütig ruhigen Stadt. Eine wogende Menge erfüllt die Straßen. Geräusch von Fußtritten, Gemurmel von Sprechenden, das hie und da ein lauter Ausruf durchzuckt. Der Unterschied der Stände ist verschwunden; Bürger und Soldat teilt die Bewegung. An den Toren der Stadt wächst der Drang. Genommen, verloren und wiedergenommen, ist endlich der Ausgang erkämpft. Aber die Donaubrücke bietet neue Schwierigkeiten. Auch hier siegreich, ziehen endlich zwei Ströme, die alte Donau und die geschwollnere Woge des Volks, sich kreuzend quer unter- und übereinander, die Donau ihrem alten Flußbette nach, der Strom des Volkes, der Eindämmung der Brücke entnommen, ein weiter, tosender See, sich ergießend in alles deckender Überschwemmung. Ein neu Hinzugekommener fände die Zeichen bedenklich. Es ist aber der Aufruhr der Freude, die Losgebundenheit der Lust.

Schon zwischen Stadt und Brücke haben sich Korbwagen aufgestellt für die eigentlichen Hierophanten dieses Weihfestes: die

Kinder der Dienstbarkeit und der Arbeit. Überfüllt und dennoch im Galopp durchfliegen sie die Menschenmasse, die sich hart vor ihnen öffnet und hinter ihnen schließt, unbesorgt und unverletzt. Denn es ist in Wien ein stillschweigender Bund zwischen Wagen und Menschen: nicht zu überfahren, selbst im vollen Lauf; und nicht überfahren zu werden, auch ohne alle Aufmerksamkeit.

Von Sekunde zu Sekunde wird der Abstand zwischen Wagen und Wagen kleiner. Schon mischen sich einzelne Equipagen der Vornehmeren in den oft unterbrochenen Zug. Die Wagen fliegen nicht mehr. Bis endlich fünf bis sechs Stunden vor Nacht die einzelnen Pferde- und Kutschen-Atome sich zu einer kompakten Reihe verdichten, die, sich selber hemmend und durch Zufahrende aus allen Quergassen gehemmt, das alte Sprichwort „Besser schlecht gefahren, als zu Fuße gegangen“ offenbar zuschanden macht. Begafft, bedauert, bespottet, sitzen die geputzten Damen in den scheinbar stillestehenden Kutschen. Des immerwährenden Anhaltens ungewohnt, bäumt sich der Holsteiner Rappe, als wollte er seinen durch den ihm vorgehenden Korbwagen gehemmten Weg obenhin über diesen hinaus nehmen, was auch die schreiende Weiber- und Kinderbevölkerung des Plebejer-Fuhrwerks offenbar zu befürchten scheint. Der schnell dahinschießende Fiaker, zum ersten Male seiner Natur ungetreu, berechnet ingrimmig den Verlust, auf einem Wege drei Stunden zubringen zu müssen, den er sonst in fünf Minuten durchflog. Zank, Geschrei, wechselseitige Ehrenangriffe der Kutscher, mitunter ein Peitschenhieb.

Endlich, wie denn in dieser Welt jedes noch so hartnäckige Stehenbleiben doch nur ein unvermerktes Weiterrücken ist, erscheint auch diesem status quo ein Hoffnungsstrahl. Die ersten Bäume des Augartens und der Brigittenau werden sichtbar. Land! Land! Land! Alle Leiden sind vergessen. Die zu Wagen

Gekommenen steigen aus und mischen sich unter die Fußgänger, Töne entfernter Tanzmusik schallen herüber, vom Jubel der neu Ankommenden beantwortet. Und so fort und immer weiter, bis endlich der breite Hafen der Lust sich auftut und Wald und Wiese, Musik und Tanz, Wein und Schmaus, Schattenspiel und Seiltänzer, Erleuchtung und Feuerwerk sich zu einem pays de cocagne, einem Eldorado, einem eigentlichen Schlaraffenlande vereinigen, das leider, oder glücklicherweise, wie man es nimmt, nur einen und den nächst darauffolgenden Tag dauert, dann aber verschwindet, wie der Traum einer Sommernacht, und nur in der Erinnerung zurückbleibt und allenfalls in der Hoffnung.

Ich versäume nicht leicht, diesem Feste beizuwohnen. Als ein leidenschaftlicher Liebhaber der Menschen, vorzüglich des Volkes, so daß mir selbst als dramatischem Dichter der rückhaltslose Ausbruch eines überfüllten Schauspielhauses immer zehnmal interessanter, ja belehrender war als das zusammengeklügelte Urteil eines an Leib und Seele verkrüppelten, von dem Blut ausgezogener Autoren spinnenartig aufgeschwollenen literarischen Matadors; als ein Liebhaber der Menschen, sage ich, besonders wenn sie in Massen für einige Zeit der einzelnen Zwecke vergessen und sich als Teile des Ganzen fühlen, in dem denn doch zuletzt das Göttliche liegt – als einem solchen ist mir jedes Volksfest ein eigentliches Seelenfest, eine Wallfahrt, eine Andacht. Wie aus einem aufgerollten, ungeheuren, dem Rahmen des Buches entsprungenen Plutarch lese ich aus den heitern und heimlich bekümmerten Gesichtern, dem lebhaften oder gedrückten Gange, dem wechselseitigen Benehmen der Familienglieder, den einzelnen halb unwillkürlichen Äußerungen mir die Biographien der unberühmten Menschen zusammen, und wahrlich! man kann die Berühmten nicht verstehen, wenn man die Obskuren nicht durchgefühlt hat. Von dem Wortwechsel weinerhitzter Karrenschieber spinnt sich ein unsichtbarer, aber ununterbrochener Faden bis zum Zwist der Göttersöhne, und in der jungen Magd, die, halb wider Willen, dem drängenden Liebhaber seitab vom Gewühl der Tanzenden folgt, liegen als Embryo die Julien, die Didos und die Medeen.

Auch vor zwei Jahren hatte ich mich, wie gewöhnlich, den lustgierigen Kirchweihgästen als Fußgänger mit angeschlossen. Schon waren die Hauptschwierigkeiten der Wanderung überwunden und ich befand mich bereits am Ende des Augartens, die ersehnte Brigittenau hart vor mir liegend. Hier ist nun noch ein, wenngleich der letzte Kampf zu bestehen. Ein schmaler Damm, zwischen undurchdringlichen Befriedungen hindurchlaufend, bildet die einzige Verbindung der beiden Lustorte, deren gemeinschaftliche Grenze ein in der Mitte befindliches hölzernes Gittertor bezeichnet. An gewöhnlichen Tagen und für gewöhnliche Spaziergänger bietet dieser Verbindungsweg überflüssigen Raum; am Kirchweihfeste aber würde seine Breite, auch vierfach genommen, noch immer zu schmal sein für die endlose Menge, die, heftig nachdrängend und von Rückkehrenden im entgegengesetzten Sinne durchkreuzt, nur durch die allseitige Gutmütigkeit der Lustwandelnden sich am Ende doch leidlich zurechtfindet.

Ich hatte mich dem Zug der Menge hingegeben und befand mich in der Mitte des Dammes, bereits auf klassischem Boden, nur leider zu stets erneutem Stillestehen, Ausbeugen und Abwarten genötigt. Da war denn Zeit genug, das seitwärts am Wege Befindliche zu betrachten. Damit es nämlich der genußlechzenden Menge nicht an einem Vorschmack der zu erwartenden Seligkeit mangle, hatten sich links am Abhang der erhöhten Dammstraße einzelne Musiker aufgestellt, die, wahrscheinlich die große Konkurrenz scheuend, hier an den Propyläen die Erstlinge der noch unabgenützten

Freigebigkeit einernten wollten. Eine Harfenspielerin mit widerlich starrenden Augen. Ein alter invalider Stelzfuß, der auf einem entsetzlichen, offenbar von ihm selbst verfertigten Instrumente, halb Hackbrett und halb Drehorgel, die Schmerzen seiner Verwundung dem allgemeinen Mitleid auf eine analoge Weise empfindbar machen wollte. Ein lahmer, verwachsener Knabe, er und seine Violine einen einzigen ununterscheidbaren Knäuel bildend, der endlos fortrollende Walzer mit all der hektischen Heftigkeit seiner verbildeten Brust herabspielte. Endlich – und er zog meine ganze Aufmerksamkeit auf sich – ein alter, leicht siebzigjähriger Mann in einem fadenscheinigen, aber nicht unreinlichen Molltonüberrock mit lächelnder, sich selbst Beifall gebender Miene. Barhäuptig und kahlköpfig stand er da, nach Art dieser Leute, den Hut als Sammelbüchse vor sich auf dem Boden, und so bearbeitete er eine alte vielzersprungene Violine, wobei er den Takt nicht nur durch Aufheben und Niedersetzen des Fußes, sondern zugleich durch übereinstimmende Bewegung des ganzen gebückten Körpers markierte. Aber all diese Bemühung, Einheit in seine Leistung zu bringen, war fruchtlos, denn was er spielte, schien eine unzusammenhängende Folge von Tönen ohne Zeitmaß und Melodie. Dabei war er ganz in sein Werk vertieft: die Lippen zuckten, die Augen waren starr auf das vor ihm befindliche Notenblatt gerichtet ja wahrhaftig Notenblatt! Denn indes alle andern, ungleich mehr zu Dank spielenden Musiker sich auf ihr Gedächtnis verließen, hatte der alte Mann mitten in dem Gewühle ein kleines, leicht tragbares Pult vor sich hingestellt mit schmutzigen, zergriffenen Noten, die das in schönster Ordnung enthalten mochten, was er so außer allem Zusammenhange zu hören gab. Gerade das Ungewöhnliche dieser Ausrüstung hatte meine Aufmerksamkeit auf ihn gezogen, so wie es auch die Heiterkeit des vorüberwogenden Haufens erregte, der ihn auslachte und den zum Sammeln hingestellten Hut des alten Mannes leer ließ, indes das übrige Orchester ganze Kupferminen einsackte. Ich war, um das Original ungestört zu betrachten, in einiger Entfernung auf den Seitenabhang des Dammes getreten. Er spielte noch eine Weile fort. Endlich hielt er ein, blickte, wie aus einer langen Abwesenheit zu sich gekommen, nach dem Firmament, das schon die Spuren des nahenden Abends zu zeigen anfing, darauf abwärts in seinen Hut, fand ihn leer, setzte ihn mit ungetrübter Heiterkeit auf, steckte den Geigenbogen zwischen die Saiten; „Sunt certi denique fines", sagte er, ergriff sein Notenpult und arbeitete sich mühsam durch die dem Feste zuströmende Menge in entgegengesetzter Richtung, als einer, der heimkehrt.

Das ganze Wesen des alten Mannes war eigentlich wie gemacht, um meinen anthropologischen Heißhunger aufs äußerste zu reizen. Die dürftige und doch edle Gestalt, seine unbesiegbare Heiterkeit, so viel Kunsteifer bei so viel Unbeholfenheit; daß er gerade zu einer Zeit heimkehrte, wo für andere seinesgleichen erst die eigentliche Ernte anging; endlich die wenigen, aber mit der richtigsten Betonung, mit völliger Geläufigkeit gesprochenen lateinischen Worte. Der Mann hatte also eine sorgfältigere Erziehung genossen, sich Kenntnisse eigen gemacht, und nun – ein Bettelmusikant! Ich zitterte vor Begierde nach dem Zusammenhange.

Aber schon befand sich ein dichter Menschenwall zwischen mir und ihm. Klein, wie er war, und durch das Notenpult in seiner Hand nach allen Seiten hin störend, schob ihn einer dem andern zu, und schon hatte ihn das Ausgangsgitter aufgenommen, indes ich noch in der Mitte des Dammes mit der entgegenströmenden Menschenwoge kämpfte. So entschwand er mir, und als ich endlich selbst ins ruhige Freie gelangte, war nach allen Seiten weit und breit kein Spielmann mehr zu sehen.

Das verfehlte Abenteuer hatte mir die Lust an dem Volksfest genommen. Ich durchstrich den Augarten nach allen Richtungen und beschloß endlich, nach Hause zu kehren.

In die Nähe des kleinen Türchens gekommen, das aus dem Augarten nach der Taborstraße führt, hörte ich plötzlich den bekannten Ton der alten Violine wieder. Ich verdoppelte meine Schritte, und siehe da! der Gegenstand meiner Neugier stand, aus Leibeskräften spielend, im Kreise einiger Knaben, die ungeduldig einen Walzer von ihm verlangten. „Einen Walzer spiel!" riefen sie; „einen Walzer, hörst du nicht?" Der Alte geigte fort, scheinbar ohne auf sie zu achten, bis ihn die kleine Zuhörerschar schmähend und spottend verließ, sich um einen Leiermann sammelnd, der seine Drehorgel in der Nähe aufgestellt hatte.

„Sie wollen nicht tanzen", sagte wie betrübt der alte Mann, sein Musikgeräte zusammenlegend. Ich war ganz nahe zu ihm getreten. „Die Kinder kennen eben keinen andern Tanz als den Walzer", sagte ich. „Ich spielte einen Walzer", versetzte er, mit dem Geigenbogen den Ort des soeben gespielten Stückes auf seinem Notenblatte bezeichnend.

„Man muß derlei auch führen, der Menge wegen. Aber die Kinder haben kein Ohr", sagte er, indem er wehmütig den Kopf schüttelte. – „Lassen Sie mich wenigstens ihren Undank wieder gutmachen", sprach ich, ein Silberstück aus der Tasche ziehend und ihm hinreichend. – „Bitte! bitte!" rief der alte Mann, wobei er mit beiden Händen ängstlich abwehrende Bewegungen machte, „in den Hut! in den Hut!" – Ich legte das Geldstück in den vor ihm stehenden Hut, aus dem es unmittelbar darauf der Alte herausnahm und ganz zufrieden einsteckte, „das heißt einmal mit reichem Gewinn nach Hause gehen", sagte er schmunzelnd. – „Eben recht", sprach ich, „erinnern Sie mich auf einen Umstand, der schon früher meine

Neugier rege machte! Ihre heutige Einnahme scheint nicht die beste gewesen zu sein, und doch entfernen Sie sich in einem Augenblicke, wo eben die eigentliche Ernte angeht. Das Fest dauert, wissen Sie wohl, die ganze Nacht, und Sie könnten da leicht mehr gewinnen als an acht gewöhnlichen Tagen. Wie soll ich mir das erklären?"

„Wie Sie sich das erklären sollen", versetzte der Alte. „Verzeihen Sie, ich weiß nicht, wer Sie sind, aber Sie müssen ein wohltätiger Herr sein und ein Freund der Musik", dabei zog er das Silberstück noch einmal aus der Tasche und drückte es zwischen seine gegen die Brust gehobenen Hände. „Ich will Ihnen daher nur die Ursachen angeben, obgleich ich oft deshalb verlacht worden bin. Erstens war ich nie ein Nachtschwärmer und halte es auch nicht für recht, andere durch Spiel und Gesang zu einem solchen widerlichen Vergehen anzureizen; zweitens muß sich der Mensch in allen Dingen eine gewisse Ordnung festsetzen, sonst gerät er ins Wilde und Unaufhaltsame. Drittens endlich – Herr! ich spiele den ganzen Tag für die lärmenden Leute und gewinne kaum kärglich Brot dabei; aber der Abend gehört mir und meiner armen Kunst.

Abends halte ich mich zu Hause, und" – dabei ward seine Rede immer leiser, Röte überzog sein Gesicht, sein Auge suchte den Boden – „da spiele ich denn aus der Einbildung, so für mich ohne Noten. Phantasieren, glaub ich, heißt es in den Musikbüchern."

Wir waren beide ganz stille geworden. Er, aus Beschämung über das verratene Geheimnis seines Innern; ich, voll Erstaunen, den Mann von den höchsten Stufen der Kunst sprechen zu hören, der nicht imstande war, den leichtesten Walzer faßbar wiederzugeben. Er bereitete sich indes zum Fortgehen. „Wo wohnen Sie?" sagte ich. „Ich möchte wohl einmal Ihren einsamen Übungen beiwohnen." – „Oh", versetzte er fast flehend, „Sie wissen wohl, das Gebet gehört ins Kämmerlein." – „So will ich Sie denn einmal am Tage besuchen", sagte ich. – „Den Tag über“, erwiderte er, „gehe ich meinem Unterhalt bei den Leuten nach.“ – „Also des Morgens denn.“ – „Sieht es doch beinahe aus“, sagte der Alte lächelnd, „als ob Sie, verehrter Herr, der Beschenkte wären und ich, wenn es mir erlaubt ist zu sagen, der Wohltäter; so freundlich sind Sie, und so widerwärtig ziehe ich mich zurück. Ihr vornehmer Besuch wird meiner Wohnung immer eine Ehre sein; nur bäte ich, daß Sie den Tag Ihrer Dahinkunft mir großgünstig im voraus bestimmten, damit weder Sie durch Ungehörigkeit aufgehalten, noch ich genötigt werde, ein zur Zeit etwa begonnenes Geschäft unziemlich zu unterbrechen. Mein Morgen nämlich hat auch seine Bestimmung. Ich halte es jedenfalls für meine Pflicht, meinen Gönnern und Wohltätern für ihr Geschenk eine nicht ganz unwürdige Gegengabe darzureichen. Ich will kein Bettler sein, verehrter Herr. Ich weiß wohl, daß die übrigen öffentlichen Musikleute sich damit begnügen, einige auswendig gelernte Gassenhauer, Deutschwalzer, ja wohl gar Melodien von unartigen Liedern, immer wieder von denselben anfangend, fort und fort herabzuspielen, so daß man ihnen gibt, um ihrer loszuwerden, oder weil ihr Spiel die Erinnerung genossener Tanzfreuden oder sonst unordentlicher Ergötzlichkeiten wieder lebendig macht. Daher spielen sie auch aus dem Gedächtnis und greifen falsch mitunter, ja häufig. Von mir aber sei fern zu betrügen. Ich habe deshalb, teils weil mein Gedächtnis überhaupt nicht das beste ist, teils weil es für jeden schwierig sein dürfte, verwickelte Zusammensetzungen geachteter Musikverfasser Note für Note bei sich zu behalten, diese Hefte mir selbst ins reine geschrieben.“ Er zeigte dabei durchblätternd auf sein Musikbuch, in dem ich zu meinem Entsetzen mit sorgfältiger, aber widerlich steifer Schrift ungeheuer schwierige Kompositionen alter berühmter Meister, ganz schwarz von Passagen und Doppelgriffen, erblickte. Und derlei spielte der alte Mann mit seinen ungelenken Fingern! „Indem ich nun diese Stücke spiele“, fuhr er fort, „bezeige ich meine Verehrung den nach Stand und Würden geachteten, längst nicht mehr lebenden Meistern und Verfassern, tue mir selbst genug und lebe der angenehmen Hoffnung, daß die mir mildest gereichte Gabe nicht ohne Entgelt bleibt durch Veredlung des Geschmackes und Herzens der ohnehin von so vielen Seiten gestörten und irregeleiteten Zuhörerschaft. Da derlei aber, auf daß ich bei meiner Rede bleibe“ – und dabei überzog ein selbstgefälliges Lächeln seine Züge -, „da derlei aber eingeübt sein will, sind meine Morgenstunden ausschließend diesem Exercitium bestimmt. Die drei ersten Stunden des Tages der Übung, die Mitte dem Broterwerb, und der Abend mir und dem lieben Gott, das heißt nicht unehrlich geteilt“, sagt er, und dabei glänzten seine Augen wie feucht; er lächelte aber.

„Gut denn“ , sagte ich, „so werde ich Sie einmal morgens überraschen. Wo wohnen Sie?“ Er nannte mir die Gärtnergasse. – „Hausnummer?“ – „Nummer 34 im ersten Stocke.“ – „In der Tat“, rief ich, „im Stockwerke der Vornehmen?“ – „Das Haus“, sagte er, „hat zwar eigentlich nur ein Erdgeschoß; es ist aber oben neben der Bodenkammer noch ein kleines Zimmer, das bewohne ich gemeinschaftlich mit zwei Handwerksgesellen.“ – „Ein Zimmer zu dreien?“ – „Es ist abgeteilt“, sagte er, „und ich habe mein eigenes Bette.“

„Es wird spät“ sprach ich, „und Sie wollen nach Hause. Auf Wiedersehen denn!“ und dabei fuhr ich in die Tasche, um das früher gereichte gar zu kleine Geldgeschenk allenfalls zu verdoppeln. Er aber hatte mit der einen Hand das Notenpult, mit der andern seine Violine angefaßt und rief hastig: „Was ich devotest verbitten muß. Das Honorarium für mein Spiel ist mir bereits in Fülle zuteil geworden, eines andern Verdienstes aber bin ich mir zur Zeit nicht bewußt." Dabei machte er mir mit einer Abart vornehmer Leichtigkeit einen ziemlich linkischen Kratzfuß und entfernte sich, so schnell ihn seine alten Beine trugen.

Ich hatte, wie gesagt, die Lust verloren, dem Volksfeste für diesen Tag länger beizuwohnen, ich ging daher heimwärts, den Weg nach der Leopoldstadt einschlagend, und, von Staub und Hitze erschöpft, trat ich in einen der dortigen vielen Wirtsgärten, die, an gewöhnlichen Tagen überfüllt, heute ihre ganze Kundschaft der Brigittenau abgegeben hatten. Die Stille des Ortes, im Abstich der lärmenden Volksmenge, tat mir wohl, und mich verschiedenen Gedanken überlassend, an denen der alte Spielmann nicht den letzten Anteil hatte, war es völlig Nacht geworden, als ich endlich des Nachhausegehens gedachte, den Betrag meiner Rechnung auf den Tisch legte und der Stadt zuschritt.

In der Gärtnergasse, hatte der alte Mann gesagt, wohne er. „Ist hier in der Nähe eine Gärtnergasse?" fragte ich einen kleinen Jungen, der über den Weg lief. „Dort, Herr!" versetzte er, indem er auf eine Querstraße hinwies, die, von der Häusermasse der Vorstadt sich entfernend, gegen das freie Feld hinaus lief. Ich folgte der Richtung. Die Straße bestand aus zerstreuten einzelnen Häusern, die, zwischen großen Küchengärten gelegen, die Beschäftigung der Bewohner und den Ursprung des Namens Gärtnergasse augenfällig darlegten. In welcher dieser elenden Hütten wohl mein Original wohnen mochte? Ich hatte die Hausnummer glücklich vergessen, auch war in der Dunkelheit an das Erkennen irgendeiner Bezeichnung kaum zu denken. Da schritt, auf mich zukommend, ein mit Küchengewächsen schwer beladener Mann an mir vorüber. „Kratzt der Alte einmal wieder", brummte er, „und stört die ordentlichen Leute in ihrer Nachtruhe." Zugleich, wie ich vorwärtsging, schlug der leise, langgehaltene Ton einer Violine an mein Ohr, der aus dem offenstehenden Bodenfenster eines wenig entfernten ärmlichen Hauses zu kommen schien, das, niedrig und ohne Stockwerk wie die übrigen, sich durch dieses in der Umgrenzung des Daches liegende Giebelfenster vor den andern auszeichnete. Ich stand stille. Ein leiser, aber bestimmt gegriffener Ton schwoll bis zur Heftigkeit, senkte sich, verklang, um gleich darauf wieder bis zum lautesten Gellen emporzusteigen, und zwar immer derselbe Ton, mit einer Art genußreichem Daraufberuhen wiederholt. Endlich kam ein Intervall. Es war die Quarte. Hatte der Spieler sich vorher an dem Klange des einzelnen Tones geweidet, so war nun das gleichsam wollüstige Schmecken dieses harmonischen Verhältnisses noch ungleich fühlbarer. Sprungweise gegriffen, zugleich gestrichen, durch die dazwischenliegende Stufenreihe höchst holperig verbunden, die Terz markiert, wiederholt. Die Quinte darangefügt, einmal mit zitterndem Klang wie ein stilles Weinen, ausgehalten, verhallend, dann in wirbelnder Schnelligkeit ewig wiederholt, immer dieselben Verhältnisse, die nämlichen Töne. – Und das nannte der alte Mann Phantasieren! – Obgleich es im Grunde allerdings ein Phantasieren war, für den Spieler nämlich, nur nicht auch für den Hörer.

Ich weiß nicht, wie lange das gedauert haben mochte und wie arg es geworden war, als plötzlich die Türe des Hauses aufging, ein Mann, nur mit dem Hemde und lose eingeknöpftem Beinkleide angetan, von der Schwelle bis in die Mitte der Straße trat und zu dem Giebelfenster emporrief: „Soll das heute einmal wieder gar kein Ende nehmen?“ Der Ton der Stimme war dabei unwillig, aber nicht hart oder beleidigend. Die Violine verstummte, ehe die Rede noch zu Ende war. Der Mann ging ins Haus zurück, das Giebelfenster schloß sich, und bald herrschte eine durch nichts unterbrochene Totenstille um mich her. Ich trat, mühsam in den mir unbekannten

Gassen mich zurechtfindend, den Heimweg an, wobei ich auch phantasierte, aber, niemand störend, für mich, im Kopfe.

Die Morgenstunden haben für mich immer einen einen eigenen Wert gehabt. Es ist, als ob es mir Bedürfnis wäre, durch die Beschäftigung mit etwas Erhebendem, Bedeutendem in den ersten Stunden des Tages mir den Rest desselben gewissermaßen zu heiligen. Ich kann mich daher nur schwer entschließen, am frühen Morgen mein Zimmer zu verlassen, und wenn ich ohne vollgültige Ursache mich einmal dazu nötige, so habe ich für den übrigen Tag nur die Wahl zwischen gedankenloser Zerstreuung oder selbstquälerischem Trübsinn. So kam es, daß ich durch einige Tage den Besuch bei dem alten Manne, der verabredetermaßen in den Morgenstunden stattfinden sollte, verschob. Endlich ward die Ungeduld meiner Herr, und ich ging. Die Gärtnergasse war leicht gefunden, ebenso das Haus. Die Töne der Violine ließen sich auch diesmal hören, aber durch das geschlossene Fenster bis zum Ununterscheidbaren gedämpft. Ich trat ins Haus. Eine vor Erstaunen halb sprachlose Gärtnersfrau wies mich eine Bodentreppe hinauf. Ich stand vor einer niedern und halb schließenden Türe, pochte, erhielt keine Antwort, drückte endlich die Klinke und trat ein. Ich befand mich in einer ziemlich geräumigen, sonst aber höchst elenden Kammer, deren Wände von allen Seiten den Umrissen des spitzzulaufenden Daches folgten. Hart neben der Türe ein schmutziges, widerlich verstörtes Bette, von allen Zutaten der Unordentlichkeit umgeben; mir gegenüber, hart neben dem schmalen Fenster, eine zweite Lagerstätte, dürftig, aber reinlich, und höchst sorgfältig gebettet und bedeckt. Am Fenster ein kleines Tischchen mit Notenpapier und Schreibgeräte, im Fenster ein paar Blumentöpfe. Die Mitte des Zimmers von Wand zu Wand war am Boden mit einem dicken Kreidenstriche bezeichnet, und man kann sich kaum einen grelleren Abstich von Schmutz und Reinlichkeit denken, als diesseits und jenseits der gezogenen Linie, dieses Äquators einer Welt im kleinen, herrschte.

Hart an dem Gleicher hatte der alte Mann sein Notenpult hingestellt und stand, völlig und sorgfältig gekleidet, davor und – exerzierte. Es ist schon bis zum Übelklang so viel von den Mißklängen meines, und ich fürchte beinahe, nur meines Lieblings die Rede gewesen, daß ich den Leser mit der Beschreibung dieses höllischen Konzertes verschonen will. Da die Übung größtenteils aus Passagen bestand, so war an ein Erkennen der gespielten Stücke nicht zu denken, was übrigens auch sonst nicht leicht gewesen sein möchte. Einige Zeit Zuhörens ließ mich endlich den Faden durch dieses Labyrinth erkennen, gleichsam die Methode in der Tollheit. Der Alte genoß, indem er spielte. Seine Auffassung unterschied hierbei aber schlechthin nur zweierlei, den Wohlklang und den Übelklang, von denen der erstere ihn erfreute, ja entzückte, indes er dem letztern, auch dem harmonisch begründeten, nach Möglichkeit aus dem Wege ging. Statt nun in einem Musikstücke nach Sinn und Rhythmus zu betonen, hob er heraus, verlängerte er die dem Gehör wohltuenden Noten und Intervalle, ja nahm keinen Anstand, sie willkürlich zu wiederholen, wobei sein Gesicht oft geradezu den Ausdruck der Verzückung annahm. Da er nun zugleich die Dissonanzen so kurz als möglich abtat, überdies die für ihn zu schweren Passagen, von denen er aus Gewissenhaftigkeit nicht eine Note fallen ließ, in einem gegen das Ganze viel zu langsamen Zeitmaß vortrug, so kann man sich wohl leicht eine Idee von der Verwirrung machen, die daraus hervorging. Mir ward es nachgerade selbst zuviel. Um ihn aus seiner Abwesenheit zurückzubringen, ließ ich absichtlich den Hut fallen, nachdem ich mehrere Mittel schon fruchtlos versucht hatte. Der alte Mann fuhr zusammen, seine Knie zitterten, kaum konnte er die zum Boden gesenkte Violine halten. Ich trat hinzu. „Oh, Sie sind's, gnädiger Herr!“ sagte er, gleichsam zu sich selbst kommend. „Ich hatte nicht auf Erfüllung Ihres hohen Versprechens gerechnet.“ Er nötigte mich zu sitzen, räumte auf, legte hin, sah einigemal verlegen im Zimmer herum, ergriff dann plötzlich einen auf einem Tische neben der Stubentür stehenden Teller und ging mit demselben zu jener hinaus. Ich hörte ihn draußen mit der Gärtnersfrau sprechen. Bald darauf kam er wieder verlegen zur Türe herein, wobei er den Teller hinter dem Rücken verbarg und heimlich wieder hinstellte. Er hatte offenbar Obst verlangt, um mich zu bewirten, es aber nicht erhalten können. „Sie wohnen hier recht hübsch“, sagte ich, um seiner Verlegenheit ein Ende zu machen. „Die Unordnung ist verwiesen. Sie nimmt ihren Rückzug durch die Türe, wenn sie auch derzeit noch nicht ganz über die Schwelle ist. – Meine Wohnung reicht nur bis zu dem Striche“, sagte der Alte, wobei er auf die Kreidenlinie in der Mitte des Zimmers zeigte. „Dort drüben wohnen zwei Handwerksgesellen.“ – „Und respektieren diese Ihre Bezeichnung?“ – „Sie nicht, aber ich“, sagte er. „Nur die Türe ist gemeinschaftlich.“ – „Und werden Sie nicht gestört von Ihrer Nachbarschaft?“ – „Kaum“, meinte er. „Sie kommen des Nachts spät nach Hause, und wenn sie mich da auch ein wenig im Bette aufschrecken, so ist dafür die Lust des Wiedereinschlafens um so größer. Des Morgens aber wecke *ich* sie, wenn ich mein Zimmer in Ordnung bringe. Da schelten sie wohl ein wenig und gehen.“ Ich hatte ihn währenddessen betrachtet. Er war höchst reinlich gekleidet, die Gestalt gut genug für seine Jahre, nur die Beine etwas zu kurz. Hand und Fuß von auffallender Zartheit. – „Sie sehen mich an“, sagte er, „und haben dabei Ihre Gedanken?“ – „Daß ich nach Ihrer Geschichte lüstern bin“, versetzte ich. – „Geschichte?“ wiederholte er. „Ich habe keine Geschichte. Heute wie gestern, und morgen wie heute. übermorgen freilich und weiter hinaus, wer kann das wissen? Doch Gott wird sorgen, der weiß es“ – „Ihr jetziges Leben mag wohl einförmig genug sein“, fuhr ich fort;

„aber Ihre früheren Schicksale. Wie es sich fügte –" „Daß ich unter die Musikleute kam?" fiel er in die Pause ein, die ich unwillkürlich gemacht hatte. Ich erzählte ihm nun, wie er mir beim ersten Anblicke aufgefallen; den Eindruck, den die von ihm gesprochenen lateinischen Worte auf mich gemacht hätten. „Lateinisch", tönte er nach. „Lateinisch? das habe ich freilich auch einmal gelernt oder vielmehr hätte es lernen sollen und können. Loqueris latine?" wandte er sich gegen mich, „aber ich könnte es nicht fortsetzen. Es ist gar zu lange her. Das also nennen Sie meine Geschichte? Wie es kam? – Ja so! da ist denn freilich allerlei geschehen; nichts Besonderes, aber doch allerlei. Möchte ich mir's doch selbst einmal wieder erzählen. Ob ich's nicht gar vergessen habe. Es ist noch früh am Morgen", fuhr er fort, wobei er in die Uhrtasche griff, in der sich freilich keine Uhr befand. – Ich zog die meine, es war kaum 9 Uhr. – „Wir haben Zeit, und fast kommt mich die Lust zu schwatzen an." Er war während des letzten zusehends ungezwungener geworden. Seine Gestalt verlängerte sich. Er nahm mir ohne zu große Umstände den Hut aus der Hand und legte ihn aufs Bette; schlug sitzend ein Bein über das andere und nahm überhaupt die Lage eines mit Bequemlichkeit Erzählenden an.

„Sie haben" – hob er an – „ohne Zweifel von dem Hofrate – gehört?" Hier nannte er den Namen eines Staatsmannes, der in der zweiten Hälfte des vorigen Jahrhunderts unter dem bescheidenen Titel eines Bureauchefs einen ungeheuren, beinahe ministerähnlichen Einfluß ausgeübt hatte. Ich bejahte meine Kenntnis des Mannes. „Er war mein Vater", fuhr er fort. – Sein Vater? des alten Spielmanns? des Bettlers? Der Einflußreiche, der Mächtige sein Vater? Der Alte schien mein Erstaunen nicht zu bemerken, sondern spann, sichtbar vergnügt, den Faden seiner Erzählung weiter. „Ich war der mittlere von drei Brüdern, die in Staatsdiensten hoch hinaufkamen, nun aber schon beide tot sind; ich allein lebe noch", sagte er und zupfte dabei an seinen fadenscheinigen Beinkleidern, mit niedergeschlagenen Augen einzelne Federchen davon herablesend. „Mein Vater war ehrgeizig und heftig. Meine Brüder taten ihm genug. Mich nannte man einen langsamen Kopf; und ich war langsam. Wenn ich mich recht erinnere", sprach er weiter, und dabei senkte er, seitwärts gewandt, wie in eine weite Ferne hinausblickend, den Kopf gegen die unterstützende linke Hand – „wenn ich mich recht erinnere, so wäre ich wohl imstande gewesen, allerlei zu erlernen, wenn man mir nur Zeit und Ordnung gegönnt hätte. Meine Brüder sprangen wie Gemsen von Spitze zu Spitze in den Lehrgegenständen herum, ich konnte aber durchaus nichts hinter mir lassen, und wenn mir ein einziges Wort fehlte, mußte ich von vorne anfangen. So ward ich denn immer gedrängt. Das Neue sollte auf den Platz, den das Alte noch nicht verlassen hatte, und ich begann stockisch zu werden. So hatten sie mir die Musik, die jetzt die Freude und zugleich der Stab meines Lebens ist, geradezu verhaßt gemacht. Wenn ich abends im Zwielicht die Violine ergriff, um mich nach meiner Art ohne Noten zu vergnügen, nahmen sie mir das Instrument und sagten, das verdirbt die Applikatur, klagten über Ohrenfolter und verwiesen mich auf die Lehrstunde, wo die Folter für mich anging. Ich habe zeitlebens nichts und niemand so gehaßt, als ich damals die Geige haßte.

Mein Vater, aufs äußerste unzufrieden, schalt mich häufig und drohte, mich zu einem Handwerke zu geben. Ich wagte nicht zu sagen, wie glücklich mich das gemacht hätte. Ein Drechsler oder Schriftsetzer wäre ich gar zu gerne gewesen. Er hätte es ja aber doch nicht zugelassen, aus Stolz. Endlich gab eine öffentliche Schulprüfung, der man, um ihn zu begütigen, meinen Vater beizuwohnen beredet hatte, den Ausschlag. Ein unredlicher Lehrer bestimmte im voraus, was er mich fragen werde, und so ging alles vortrefflich. Endlich aber fehlte mir, es waren auswendig zu sagende

Verse des Horaz – ein Wort. Mein Lehrer, der kopfnickend und meinen Vater anlächelnd zugehört hatte, kam meinem Stocken zu Hilfe und flüsterte es mir zu. Ich aber, der das Wort in meinem Innern und im Zusammenhange mit dem übrigen suchte, hörte ihn nicht. Er wiederholte es mehrere Male; umsonst. Endlich verlor mein Vater die Geduld. Cachinnum! (so hieß das Wort) schrie er mir donnernd zu. Nun war's geschehen. Wußte ich das eine, so hatte ich dafür das übrige vergessen. Alle Mühe, mich auf die rechte Bahn zu bringen, war verloren. Ich mußte mit Schande aufstehen, und als ich, der Gewohnheit nach, hinging, meinem Vater die Hand zu küssen, stieß er mich zurück, erhob sich, machte der Versammlung eine kurze Verbeugung und ging. Ce gueux schalt er mich, was ich damals nicht war, aber jetzt bin. Die Eltern prophezeien, wenn sie reden! Übrigens war mein Vater ein guter Mann. Nur heftig und ehrgeizig.

Von diesem Tage an sprach er kein Wort mehr mit mir. Seine Befehle kamen mir durch die Hausgenossen zu. So kündigte man mir gleich des nächsten Tages an, daß es mit meinen Studien ein Ende habe. Ich erschrak heftig, weil ich wußte, wie bitter es meinen Vater kränken mußte. Ich tat den ganzen Tag nichts als weinen und dazwischen jene lateinischen Verse rezitieren, die ich nun aufs Und wußte mit den vorhergehenden und nachfolgenden dazu. Ich versprach, durch Fleiß den Mangel an Talenten zu ersetzen, wenn man mich noch ferner die Schule besuchen ließe, mein Vater nahm aber nie einen Entschluß zurück.

Eine Weile blieb ich nun unbeschäftigt im väterlichen Hause. Endlich tat man mich versuchsweise zu einer Rechenbehörde. Rechnen war aber nie meine Stärke gewesen. Den Antrag, ins Militär zu treten, wies ich mit Abscheu zurück. Ich kann noch jetzt keine Uniform ohne innerlichen Schauder ansehen. Daß man werte

Angehörige allenfalls auch mit Lebensgefahr schützt, ist wohl gut und begreiflich; aber Blutvergießen und Verstümmlung als Stand, als Beschäftigung. Nein! Nein! Nein!“ Und dabei fuhr er mit beiden Händen über beide Arme, als fühlte er stechend eigene und fremde Wunden.

„Ich kam nun in die Kanzlei unter die Abschreiber. Da war ich recht an meinem Platze. Ich hatte immer das Schreiben mit Lust getrieben, und noch jetzt weiß ich mir keine angenehmere Unterhaltung, als mit guter Tinte auf gutem Papier Haar- und Schattenstriche aneinanderzufügen zu Worten oder auch nur zu Buchstaben. Musiknoten sind nun gar überaus schön. Damals dachte ich aber noch an keine Musik.

Ich war fleißig, nur aber zu ängstlich. Ein unrichtiges Unterscheidungszeichen, ein ausgelassenes Wort im Konzepte, wenn es sich auch aus dem Sinne ergänzen ließ, machte mir bittere Stunden, Im Zweifel, ob ich mich genau ans Original halten oder aus eigenem beisetzen sollte, verging die Zeit angstvoll, und ich kam in den Ruf, nachlässig zu sein, indes ich mich im Dienst abquälte wie keiner. So brachte ich ein paar Jahre zu, und zwar ohne Gehalt, da, als die Reihe der Beförderung an mich kam, mein Vater im Rate einem andern seine Stimme gab und die übrigen ihm zufielen aus Ehrfurcht.

Um diese Zeit – sieh nur“, unterbrach er sich, „es gibt denn doch eine Art Geschichte. Erzählen wir die Geschichte! Um diese Zeit ereigneten sich zwei Begebenheiten: die traurigste und die freudigste meines Lebens. Meine Entfernung aus dem väterlichen Hause nämlich und das Wiederkehren zur holden Tonkunst, zu meiner Violine, die mir treu geblieben ist bis auf diesen Tag.

Ich lebte in dem Hause meines Vaters, unbeachtet von den Hausgenossen, in einem Hinterstübchen, das in den Nachbars-Hof hinausging. Anfangs aß ich am Familientische, wo niemand ein Wort an mich richtete. Als aber meine Brüder auswärts befördert wurden und mein Vater beinahe täglich zu Gast geladen war – die Mutter lebte seit lange nicht mehr -, fand man es unbequem, meinetwegen eine eigene Küche zu führen. Die Bedienten erhielten Kostgeld; ich auch, das man mir aber nicht auf die Hand gab, sondern monatweise im Speisehause bezahlte. Ich war daher wenig in meiner Stube, die Abendstunden ausgenommen; denn mein Vater verlangte, daß ich längstens eine halbe Stunde nach dem Schluß der Kanzlei zu Hause sein sollte. Da saß ich denn, und zwar, meiner schon damals angegriffenen Augen halber, in der Dämmerung ohne Licht. Ich dachte auf das und jenes und war nicht traurig und nicht froh.

Wenn ich nun so saß, hörte ich auf dem Nachbarshofe ein Lied singen. Mehrere Lieder heißt das, worunter mir aber eines vorzüglich gefiel. Es war so einfach, so rührend und hatte den Nachdruck so auf der rechten Stelle, daß man die Worte gar nicht zu hören brauchte. Wie ich denn überhaupt glaube, die Worte verderben die Musik." Nun öffnete er den Mund und brachte einige heisere, rauhe Töne hervor. „Ich habe von Natur keine Stimme", sagte er und griff nach der Violine. Er spielte, und zwar diesmal mit richtigem Ausdrucke, die Melodie eines gemütlichen, übrigens gar nicht ausgezeichneten Liedes, wobei ihm die Finger auf den Saiten zitterten und endlich einzelne Tränen über die Backen liefen.

„Das war das Lied", sagte er, die Violine hinlegend. „Ich hörte es immer mit neuem Vergnügen. Sosehr es mir aber im Gedächtnis lebendig war, gelang es mir doch nie, mit der Stimme auch nur zwei Töne davon richtig zu treffen. Ich ward fast ungeduldig von Zuhören. Da fiel mir meine Geige in die Augen, die aus meiner Jugend her, wie ein altes Rüststück, ungebraucht an der Wand hing.

Ich griff darnach, und – es mochte sie wohl der Bediente in meiner Abwesenheit benützt haben – sie fand sich richtig gestimmt. Als ich nun mit dem Bogen über die Saiten fuhr, Herr, da war es, als ob Gottes Finger mich angerührt hätte. Der Ton drang in mein Inneres hinein und aus dem Innern wieder heraus. Die Luft um mich war wie geschwängert mit Trunkenheit. Das Lied unten im Hofe und die Töne von meinen Fingern an mein Ohr, Mitbewohner meiner Einsamkeit. Ich fiel auf die Knie und betete laut und konnte nicht begreifen, daß ich das holde Gotteswesen einmal gering geschätzt, ja gehaßt in meiner Kindheit, und küßte die Violine und drückte sie an mein Herz und spielte wieder und fort.

Das Lied im Hofe – es war eine Weibsperson, die sang – tönte derweile unausgesetzt; mit dem Nachspielen ging es aber nicht so leicht.

Ich hatte das Lied nämlich nicht in Noten. Auch merkte ich wohl, daß ich das Wenige der Geigenkunst, was ich etwa einmal wußte, so ziemlich vergessen hatte. Ich konnte daher nicht das und das, sondern nur überhaupt spielen. Obwohl mir das jeweilige Was der Musik, mit Ausnahme jenes Lieds, immer ziemlich gleichgültig war und auch geblieben ist bis zum heutigen Tag. Sie spielen den Wolfgang Amadeus Mozart und den Sebastian Bach, aber den lieben Gott spielt keiner. Die ewige Wohltat und Gnade des Tons und Klangs, seine wundertätige Übereinstimmung mit dem durstigen, zerlechzenden Ohr, daß“ – fuhr er leiser und schamrot fort – „der dritte Ton zusammenstimmt mit dem ersten, und der fünfte desgleichen, und die Nota sensibilis hinaufsteigt wie eine erfüllte Hoffnung, die Dissonanz herabgebeugt wird als wissentliche Bosheit oder vermessener Stolz und die Wunder der Bindung und Umkehrung, wodurch auch die Sekunde zur Gnade gelangt in den Schoß des Wohlklangs. – Mir hat das alles, obwohl viel später, ein

Musiker erklärt. Und, wovon ich aber nichts verstehe, die fuga und das punctum contra punctum und der canon a due, a tre und so fort, ein ganzes Himmelsgebäude, eines ins andere greifend, ohne Mörtel verbunden, und gehalten von Gottes Hand. Davon will niemand etwas wissen bis auf wenige. Vielmehr stören sie dieses Ein- und Ausatmen der Seelen durch Hinzufügung allenfalls auch zu sprechender Worte, wie die Kinder Gottes sich verbanden mit den Töchtern der Erde; daß es hübsch angreife und eingreife in ein schwieliges Gemüt. Herr", schloß er endlich, halb erschöpft, „die Rede ist dem Menschen notwendig wie Speise, man sollte aber auch den Trank rein erhalten, der da kommt von Gott."

Ich kannte meinen Mann beinahe nicht mehr, so lebhaft war er geworden. Er hielt ein wenig inne. „Wo blieb ich nur in meiner Geschichte?" sagte er endlich. „Ei ja, bei dem Liede und meinen Versuchen, es nachzuspielen. Es ging aber nicht. Ich trat ans Fenster, um besser zu hören. Da ging eben die Sängerin über den Hof. Ich sah sie nur von rückwärts, und doch kam sie mir bekannt vor. Sie trug einen Korb mit, wie es schien, noch ungebackenen Kuchenstücken. Sie trat in ein Pförtchen in der Ecke des Hofes, da wohl ein Backofen inne sein mochte, denn immer fortsingend, hörte ich mit hölzernen Geräten scharren, wobei die Stimme einmal dumpfer und einmal heller klang wie eines, das sich bückt und in eine Höhlung hineinsingt, dann wieder erhebt und aufrecht dasteht. Nach einer Weile kam sie zurück, und nun merkte ich erst, warum sie mir vorher bekannt vorkam. Ich kannte sie nämlich wirklich seit längerer Zeit. Und zwar aus der Kanzlei.

Damit verhielt es sich so. Die Amtsstunden fingen früh an und währten über den Mittag hinaus. Mehrere von den jüngeren Beamten, die nun entweder wirklich Hunger fühlten oder eine halbe Stunde damit vor sich bringen wollten, pflegten gegen eilf Uhr eine

Kleinigkeit zu sich zu nehmen. Die Gewerbsleute, die alles zu ihrem Vorteile zu benutzen wissen, ersparten den Leckermäulern den Weg und brachten ihre Feilschaften ins Amtsgebäude, wo sie sich auf Stiege und Gang damit hinstellten. Ein Bäcker verkaufte kleine Weißbrote, die Obstfrau Kirschen. Vor allem aber waren gewisse Kuchen beliebt, die eines benachbarten Grieslers Tochter selbst verfertigte und noch warm zu Markt brachte. Ihre Kunden traten zu ihr auf den Gang hinaus, und nur selten kam sie, gerufen, in die Amtsstube, wo dann der etwas grämliche Kanzleivorsteher, wenn er ihrer gewahr wurde, ebenso selten ermangelte, sie wieder zur Türe hinauszuweisen, ein Gebot, dem sie sich nur mit Groll, und unwillige Worte murmelnd, fügte.

Das Mädchen galt bei meinen Kameraden nicht für schön. Sie fanden sie zu klein, wußten die Farbe ihrer Haare nicht zu bestimmen. Daß sie Katzenaugen habe, bestritten einige, Pockengruben aber gaben alle zu. Nur von ihrem stämmigen Wuchs sprachen alle mit Beifall, schalten sie aber grob und einer wußte viel von einer Ohrfeige zu erzählen, deren Spuren er noch acht Tage nachher gefühlt haben wollte.

Ich selbst gehörte nicht unter ihre Kunden. Teils fehlte mir's an Geld, teils habe ich Speise und Trank wohl immer – oft nur zu sehr – als ein Bedürfnis anerkennen müssen, Lust und Vergnügen darin zu suchen aber ist mir nie in den Sinn gekommen. Wir nahmen daher keine Notiz voneinander. Einmal nur, um mich zu necken, machten ihr meine Kameraden glauben, ich hätte nach ihren Eßwaren verlangt. Sie trat zu meinem Arbeitstisch und hielt mir ihren Korb hin. Ich kaufe nichts, liebe Jungfer, sagte ich. Nun, warum bestellen Sie dann die Leute? rief sie zornig. Ich entschuldigte mich, und sowie ich die Schelmerei gleich weg hatte, erklärte ich ihr's aufs beste. Nun, so schenken Sie mir wenigstens einen Bogen Papier, um meine Kuchen daraufzulegen, sagte sie. Ich machte ihr begreiflich, daß das Kanzleipapier sei und nicht mir gehöre, zu Hause aber hätte ich welches, das mein wäre, davon wollt' ich ihr bringen. Zu Hause habe ich selbst genug, sagte sie spöttisch und schlug eine kleine Lache auf, indem sie fortging.

Das war nur vor wenigen Tagen geschehen, und ich gedachte aus dieser Bekanntschaft sogleich Nutzen für meinen Wunsch zu ziehen. Ich knöpfte daher des andern Morgens ein ganzes Buch Papier, an dem es bei uns zu Hause nie fehlte, unter den Rock und ging auf die Kanzlei, wo ich, um mich nicht zu verraten, meinen Harnisch mit großer Unbequemlichkeit auf dem Leibe behielt, bis ich gegen Mittag aus dem Ein- und Ausgehen meiner Kameraden und dem Geräusch der kauenden Backen merkte, daß die Kuchenverkäuferin gekommen war, und glauben konnte, daß der Hauptandrang der Kunden vorüber sei. Dann ging ich hinaus, zog mein Papier hervor, nahm mir ein Herz und trat zu dem Mädchen hin, die, den Korb vor sich auf dem Boden und den rechten Fuß auf einen Schemel gestellt, auf dem sie gewöhnlich zu sitzen pflegte, dastand, leise summend und mit dem auf den Schemel gestützten Fuß den Takt dazu tretend. Sie maß mich vom Kopf bis zu den Füßen, als ich näher kam, was meine Verlegenheit vermehrte. Liebe Jungfer, fing ich endlich an, Sie haben neulich von mir Papier begehrt, als keines zur Hand war, das mir gehörte. Nun habe ich welches von Hause mitgebracht und – damit hielt ich ihr mein Papier hin. Ich habe Ihnen schon neulich gesagt, erwiderte sie, daß ich selbst Papier zu Hause habe. Indes, man kann alles brauchen. Damit nahm sie mit einem leichten Kopfnicken mein Geschenk und legte es in den Korb. Von den Kuchen wollen Sie nicht? sagte sie, unter ihren Waren herummusternd, auch ist das Beste schon fort. Ich dankte, sagte aber, daß ich eine andere Bitte hätte. Nu, allenfalls? sprach sie, mit dem Arm in die Handhabe des Korbes fahrend und aufgerichtet dastehend, wobei sie mich mit heftigen Augen anblitzte. Ich fiel rasch ein, daß ich ein Liebhaber der Tonkunst sei, obwohl erst seit kurzem, daß ich sie so schöne Lieder singen gehört, besonders eines. Sie? Mich? Lieder? fuhr sie auf, und wo? Ich erzählte ihr weiter, daß ich in ihrer Nachbarschaft wohne und sie auf dem Hofe bei der Arbeit belauscht hätte. Eines ihrer Lieder gefiele mir besonders, so daß ich's schon versucht hätte auf der Violine nachzuspielen. Wären Sie etwa gar derselbe, rief sie aus, der so kratzt auf der Geige? – Ich war damals, wie ich bereits sagte, nur Anfänger und habe erst später mit vieler Mühe die nötige Geläufigkeit in diese Finger gebracht“, unterbrach sich der alte Mann, wobei er mit der linken Hand, als einer, der geigt, in der Luft herumfingerte. „Mir war es“, setzte er seine Erzählung fort, „ganz heiß ins Gesicht gestiegen, und ich sah auch ihr an, daß das harte Wort sie gereute. Werte Jungfer, sagte ich, das Kratzen rührt von daher, daß ich das Lied nicht in Noten habe, weshalb ich auch höflichst um die Abschrift gebeten haben wollte. Um die Abschrift? sagte sie. Das Lied ist gedruckt und wird an den Straßenecken verkauft. – Das Lied? entgegnete ich. Das sind wohl nur die Worte. – Nun ja, die Worte, das Lied. – Aber der Ton, in dem man's singt. – Schreibt man denn derlei auch auf? fragte sie. – Freilich! war meine Antwort, das ist ja eben die Hauptsache. Und wie haben denn Sie's erlernt, werte Jungfer? – Ich hörte es singen, und da sang ich's nach. – Ich erstaunte über das natürliche Ingenium; wie denn überhaupt die ungelernten Leute oft die meisten Talente haben. Es ist aber doch nicht das Rechte, die eigentliche Kunst. Ich war nun neuerdings in Verzweiflung. Aber welches Lied ist es denn eigentlich? sagte sie. Ich weiß so viele. – Alle ohne Noten? – Nun freilich; also welches war es denn? – Es ist gar so schön, erklärte ich mich. Steigt gleich anfangs in die Höhe, kehrt dann in sein Inwendiges zurück und hört ganz leise auf. Sie singen's auch am öftesten. Ach, das wird wohl das sein! sagte sie, setzte den Korb wieder ab, stellte den Fuß auf den Schemel und sang nun mit ganz leiser und doch klarer Stimme das Lied, wobei sie das Haupt duckte, so schön, so lieblich, daß, ehe sie noch zu Ende war, ich nach ihrer herabhängenden Hand fuhr. Oho! sagte sie, den Arm zurückziehend, denn sie meinte wohl, ich wollte ihre Hand unziemlicherweise anfassen, aber nein, küssen wollte ich sie, obschon sie nur ein armes Mädchen war. – Nun, ich bin ja jetzt auch ein armer Mann.

Da ich nun vor Begierde, das Lied zu haben, mir in die Haare fuhr, tröstete sie mich und sagte: der Organist der Peterskirche käme öfter um Muskatnuß in ihres Vaters Gewölbe, den wolle sie bitten, alles auf Noten zu bringen. Ich könnte es nach ein paar Tagen dort abholen. Hierauf nahm sie ihren Korb und ging, wobei ich ihr das Geleite bis zur Stiege gab. Auf der obersten Stufe die letzte Verbeugung machend, überraschte mich der Kanzleivorsteher, der mich an meine Arbeit gehen hieß und auf das Mädchen schalt, an dem, wie er behauptete, kein gutes Haar sei. Ich war darüber heftig erzürnt und wollte ihm eben antworten, daß ich, mit seiner Erlaubnis, vom Gegenteile überzeugt sei, als ich bemerkte, daß er bereits in sein Zimmer zurückgegangen war, weshalb ich mich faßte und ebenfalls an meinen Schreibtisch ging. Doch ließ er sich seit dieser Zeit nicht nehmen, daß ich ein liederlicher Beamter und ein ausschweifender Mensch sei.

Ich konnte auch wirklich desselben und die darauffolgenden Tage kaum etwas Vernünftiges arbeiten, so ging mir das Lied im Kopfe herum, und ich war wie verloren. Ein paar Tage vergangen, wußte ich wieder nicht, ob es schon Zeit sei, die Noten abzuholen oder nicht. Der Organist, hatte das Mädchen gesagt, kam in ihres Vaters Laden, um Muskatnuß zu kaufen; die konnte er nur zu Bier gebrauchen. Nun war seit einiger Zeit kühles Wetter und daher wahrscheinlich, daß der wackere Tonkünstler sich eher an den Wein halten und daher so bald keine Muskatnuß bedürfen werde. Zu schnell anfragen schien mir unhöfliche Zudringlichkeit, allzu langes Warten konnte für Gleichgültigkeit ausgelegt werden. Mit dem Mädchen auf dem Gange zu sprechen, getraute ich mir nicht, da unsere erste Zusammenkunft bei meinen Kameraden ruchbar geworden war und sie vor Begierde brannten, mir einen Streich zu spielen.

Ich hatte inzwischen die Violine mit Eifer wieder aufgenommen und übte vorderhand das Fundament gründlich durch, erlaubte mir wohl auch von Zeit zu Zeit aus dem Kopfe zu spielen, wobei ich aber das Fenster sorgfältig schloß, da ich wußte, daß mein Vortrag mißfiel. Aber wenn ich das Fenster auch öffnete, bekam ich mein Lied doch nicht wieder zu hören. Die Nachbarin sang teils gar nicht, teils so leise und bei verschlossener Tüte, daß ich nicht zwei Töne unterscheiden konnte.

Endlich – es waren ungefähr drei Wochen vergangen – vermochte ich's nicht mehr auszuhalten. Ich hatte zwar schon durch zwei Abende mich auf die Gasse gestohlen – und das ohne Hut, damit die Dienstleute glauben sollten, ich suchte nur nach etwas im Hause -, sooft ich aber in die Nähe des Grieslerladens kam, überfiel mich ein so heftiges Zittern, daß ich umkehren mußte, ich mochte wollen oder nicht. Endlich aber – wie gesagt – konnte ich's nicht mehr aushalten. Ich nahm mir ein Herz und ging eines Abends – auch diesmal ohne Hut – aus meinem Zimmer die Treppe hinab und festen Schrittes durch die Gasse bis zu dem Grieslerladen, wo ich vorderhand stehenblieb und überlegte, was weiter zu tun sei. Der Laden war erleuchtet, und ich hörte Stimmen darin. Nach einigem Zögern beugte ich mich vor und lugte von der Seite hinein. Ich sah das Mädchen hart vor dem Ladentische am Lichte sitzen und in einer hölzernen Mulde Erbsen oder Bohnen lesen. Vor ihr stand ein derber, rüstiger Mann, die Jacke über die Schulter gehängt, eine Art Knittel in der Hand, ungefähr wie ein Fleischhauer. Die beiden sprachen, offenbar in guter Stimmung, denn das Mädchen lachte einigemale laut auf, ohne sich aber in ihrer Arbeit zu unterbrechen oder auch nur aufzusehen. War es meine gezwungene vorgebeugte Stellung oder sonst was immer, mein Zittern begann wiederzukommen; als ich mich plötzlich von rückwärts mit derber Hand angefaßt und nach vorwärts geschleppt fühlte. In einem Nu stand ich im Gewölbe, und als ich, losgelassen, mich umschaute, sah ich, daß es der Eigentümer selbst war, der, von auswärts nach Hause kehrend, mich auf der Lauer überrascht und als verdächtig angehalten hatte. Element! schrie er, da sieht man, wo die Pflaumen hinkommen und die Handvoll Erbsen und Rollgerste, die im Dunkeln aus den Auslagkörben gemaust werden. Da soll ja gleich das Donnerwetter dreinschlagen. Und damit ging er auf mich los, als ob er wirklich dreinschlagen wolle.

Ich war wie vernichtet, wurde aber durch den Gedanken, daß man an meiner Ehrlichkeit zweifle, bald wieder zu mir selbst gebracht. Ich verbeugte mich daher ganz kurz und sagte dem Unhöflichen, daß mein Besuch nicht seinen Pflaumen oder seiner Rollgerste, sondern seiner Tochter gelte. Da lachte der in der Mitte des Ladens stehende Fleischer laut auf und wendete sich zu gehen, nachdem er vorher dem Mädchen ein paar Worte leise zugeflüstert hatte, die sie, gleichfalls lachend, durch einen schallenden Schlag mit der flachen Hand auf seinen Rücken beantwortete. Der Griesler gab dem Weggehenden das Geleit zur Türe hinaus. Ich hatte derweil schon wieder all meinen Mut verloren und stand dem Mädchen gegenüber, die gleichgültig ihre Erbsen und Bohnen las, als ob das Ganze sie nichts anginge. Da polterte der Vater wieder zur Türe herein. Mordtausendelement noch einmal, sagte er, Herr, was soll's mit meiner Tochter? Ich versuchte, ihm den Zusammenhang und den Grund meines Besuches zu erklären. Was Lied? sagte er, ich will euch Lieder singen! wobei er den rechten Arm sehr verdächtig auf und ab bewegte. Dort liegt es, sprach das Mädchen, indem sie, ohne die Mulde mit Hülsenfrüchten wegzusetzen, sich samt dem Sessel seitwärts überbeugte und mit der Hand auf den Ladentisch hinwies. Ich eilte hin und sah ein Notenblatt liegen. Es war das Lied. Der Alte war mir aber zuvorgekommen. Er hielt das schöne Papier zerknitternd in der Hand. Ich frage, sagte er, was das abgibt? Wer ist der Mensch? Es ist ein Herr aus der Kanzlei, erwiderte sie, indem sie eine wurmstichige Erbse etwas weiter als die andern von sich warf. Ein Herr aus der Kanzlei? rief er, im Dunkeln, ohne Hut? Den Mangel des Hutes erklärte ich durch den Umstand, daß ich ganz in der Nähe wohnte, wobei ich das Haus bezeichnete. Das Haus weiß ich, rief er. Da wohnt niemand drinnen als der Hofrat – hier nannte er den Namen meines Vaters -, und die Bedienten kenne ich alle. Ich bin der Sohn des Hofrats, sagte ich, leise, als ob's eine Lüge wäre. – Mir sind im Leben viele Veränderungen vorgekommen, aber noch keine so plötzliche, als bei diesen Worten in dem ganzen Wesen des Mannes vorging. Der zum Schmähen geöffnete Mund blieb offen stehen, die Augen drohten noch immer, aber um den untern Teil des Gesichtes fing an eine Art Lächeln zu spielen, das sich immer mehr Platz machte. Das Mädchen blieb in ihrer Gleichgültigkeit und gebückten Stellung, nur daß sie sich die losgegangenen Haare, fortarbeitend, hinter die Ohren zurückstrich. Der Sohn des Herrn Hofrats? schrie endlich der Alte, in dessen Gesichte die Aufheiterung vollkommen geworden war. Wollen Euer Gnaden sich's vielleicht bequem machen? Barbara, einen Stuhl! Das Mädchen bewegte sich widerwillig auf dem ihren. Nu wart, Tuckmauser! sagte er, indem er selbst einen Korb von seinem Platze hob und den darunter gestellten Sessel mit dem Vortuche vom Staube reinigte. Hohe Ehre, fuhr er fort. Der Herr Hofrat – der Herr Sohn, wollt' ich sagen, praktizieren also auch die Musik? Singen vielleicht, wie meine Tochter, oder vielmehr ganz anders, nach Noten, nach der Kunst? Ich erklärte ihm, daß ich von Natur keine Stimme hätte. Oder schlagen Klavizimbel, wie die vornehmen Leute zu tun pflegen? Ich sagte, daß ich die Geige spiele. Habe auch in meiner Jugend gekratzt auf der Geige, rief er. Bei dem Worte Kratzen blickte ich unwillkürlich auf das Mädchen hin und sah, daß sie ganz spöttisch lächelte, was mich sehr verdroß.

Sollten sich des Mädels annehmen, heißt das in Musik, fuhr er fort. Singt eine gute Stimme, hat auch sonst ihre Qualitäten, aber das Feine, lieber Gott, wo soll's herkommen? wobei er Daumen und Zeigefinger der rechten Hand wiederholt übereinanderschob. Ich war ganz beschämt, daß man mir unverdienterweise so bedeutende musikalische Kenntnisse zutraute, und wollte eben den wahren Stand der Sache auseinandersetzen, als ein außen Vorübergehender in den Laden hereinrief: Guten Abend alle miteinander! Ich erschrak, denn es war die Stimme eines der Bedienten unseres Hauses. Auch der Griesler hatte sie erkannt. Die Spitze der Zunge vorschiebend und die Schulter emporgehoben, flüsterte er: Waren einer der Bedienten des gnädigen Papa. Konnten Sie aber nicht erkennen, standen mit dem Rücken gegen die Türe. Letzteres verhielt sich wirklich so. Aber das Gefühl des Heimlichen, Unrechten ergriff mich qualvoll. Ich stammelte nur ein paar Worte zum Abschied und ging. Ja selbst mein Lied hätte ich vergessen, wäre mir nicht der Alte auf die Straße nachgesprungen, wo er mir's in die Hand steckte.

So gelangte ich nach Hause, auf mein Zimmer, und wartete der Dinge, die da kommen sollten. Und sie blieben nicht aus. Der

Bediente hatte mich dennoch erkannt. Ein paar Tage darauf trat der Sekretär meines Vaters zu mir auf die Stube und kündigte mir an, daß ich das elterliche Haus zu verlassen hätte. Alle meine Gegenreden waren fruchtlos. Man hatte mir in einer entfernten Vorstadt ein Kämmerchen gemietet, und so war ich denn ganz aus der Nähe der Angehörigen verbannt. Auch meine Sängerin bekam ich nicht mehr zu sehen. Man hatte ihr den Kuchenhandel auf der Kanzlei eingestellt, und ihres Vaters Laden zu betreten konnte ich mich nicht entschließen, da ich wußte, daß es dem meinigen mißfiel. Ja, als ich dem alten Griesler zufällig auf der Straße begegnete, wandte er sich mit einem grimmigen Gesichte von mir ab, und ich war wie niedergedonnert. Da holte ich denn, halbe Tage lang allein, meine Geige hervor und spielte und übte.

Es sollte aber noch schlimmer kommen. Das Glück unseres Hauses ging abwärts. Mein jüngster Bruder, ein eigenwilliger, ungestümer Mensch, Offizier bei den Dragonern, mußte eine unbesonnene Wette, infolge der er, vom Ritt erhitzt, mit Pferd und Rüstung durch die Donau schwamm – es war tief in Ungarn -, mit dem Leben bezahlen. Der ältere, geliebteste, war in einer Provinz am Ratstisch angestellt. In immerwährender Widersetzlichkeit gegen seinen Landesvorgesetzten und, wie sie sagten, heimlich dazu von unserem Vater aufgemuntert, erlaubte er sich sogar unrichtige Angaben, um seinem Gegner zu schaden. Es kam zur Untersuchung, und mein Bruder ging heimlich aus dem Lande. Die Feinde unseres Vaters, deren viele waren, benutzten den Anlaß, ihn zu stürzen. Von allen Seiten angegriffen und ohnehin ingrimmig über die Abnahme seines Einflusses, hielt er täglich die angreifendsten Reden in der Ratssitzung. Mitten in einer derselben traf ihn ein Schlagfluß. Er wurde sprachlos nach Hause gebracht. Ich selbst erfuhr nichts davon. Des andern Tages auf der Kanzlei bemerkte ich wohl, daß sie heimlich flüsterten und mit den Fingern nach mir wiesen. Ich war aber derlei schon gewohnt und hatte kein Arges. Freitags darauf – es war mittwochs gewesen – wurde mir plötzlich ein schwarzer Anzug mit Flor auf die Stube gebracht. Ich erstaunte und fragte und erfuhr. Mein Körper ist sonst stark und widerhältig, aber da fiel's mich an mit Macht. Ich sank besinnungslos zu Boden. Sie trugen mich ins Bette, wo ich fieberte und irresprach den Tag hindurch und die ganze Nacht. Des andern Morgens hatte die Natur die Oberhand gewonnen, aber mein Vater war tot und begraben.

Ich hatte ihn nicht mehr sprechen können; ihn nicht um Verzeihung bitten wegen all des Kummers, den ich ihm gemacht; nicht mehr danken für die unverdienten Gnaden – ja Gnaden! denn seine Meinung war gut, und ich hoffe ihn einst wiederzufinden, wo wir nach unsern Absichten gerichtet werden und nicht nach unsern Werken.

Ich blieb mehrere Tage auf meinem Zimmer, kaum, daß ich Nahrung zu mir nahm. Endlich ging ich doch hervor, aber gleich nach Tische wieder nach Hause, und nur des Abends irrte ich in den dunkeln Straßen umher wie Kain, der Brudermörder. Die väterliche Wohnung war mir dabei ein Schreckbild, dem ich sorgfältigst aus dem Wege ging. Einmal aber, gedankenlos vor mich hinstarrend, fand ich mich plötzlich in der Nähe des gefürchteten Hauses. Meine Knie zitterten, daß ich mich anhalten mußte. Hinter mir an die Wand greifend, erkenne ich die Türe des Grieslerladens und darin sitzend Barbara, einen Brief in der Hand, neben ihr das Licht auf dem Ladentische und hart dabei in aufrechter Stellung ihr Vater, der ihr zuzusprechen schien. Und wenn es mein Leben gegolten hätte, ich mußte eintreten. Niemanden zu haben, dem man sein Leid klagen kann, niemanden, der Mitleid fühlt! Der Alte, wußte ich wohl, war auf mich erzürnt, aber das Mädchen sollte mir ein gutes Wort geben. Doch kam es ganz entgegengesetzt. Barbara stand auf, als ich eintrat, warf mir einen hochmütigen Blick zu und ging in die Nebenkammer, deren Türe sie abschloß. Der Alte aber faßte mich bei der Hand, hieß mich niedersetzen, tröstete mich, meinte aber auch, ich sei nun ein reicher Mann und hätte mich um niemanden mehr zu kümmern. Er fragte, wieviel ich geerbt hätte. Ich wußte das nicht. Er forderte mich auf, zu den Gerichten zu gehen, was ich versprach. In den Kanzleien, meinte er, sei nichts zu machen. Ich sollte meine Erbschaft im Handel anlegen. Knoppern und Früchte werfen guten Profit ab; ein Compagnon, der sich darauf verstände, könnte Groschen in Gulden verwandeln. Er selbst habe sich einmal viel damit abgegeben. Dabei rief er wiederholt nach dem Mädchen, die aber kein Lebenszeichen von sich gab. Doch schien mir, als ob ich an der Türe zuweilen rascheln hörte. Da sie aber immer nicht kam und der Alte nur vom Gelde redete, empfahl ich mich endlich und ging, wobei der Mann bedauerte, mich nicht begleiten zu können, da er allein im Laden sei. Ich war traurig über meine verfehlte Hoffnung und doch wunderbar getröstet. Als ich auf der Straße stehenblieb und nach dem Hause meines Vaters hinüberblickte, hörte ich plötzlich hinter mir eine Stimme, die gedämpft und im Tone des Unwillens sprach: Trauen Sie nicht gleich jedermann, man meint es nicht gut mit Ihnen. So schnell ich mich umkehrte, sah ich doch niemand; nur das Klirren eines Fensters im Erdgeschosse, das zu des Grieslers Wohnung gehörte, belehrte mich, wenn ich auch die Stimme nicht erkannt hätte, daß Barbara die geheime Warnerin war. Sie hatte also doch gehört, was im Laden gesprochen worden. Wollte sie mich vor ihrem Vater warnen? oder war ihr zu Ohren gekommen, daß gleich nach meines Vaters Tode teils Kollegen aus der Kanzlei, teils andere ganz unbekannte Leute mich mit Bitten um Unterstützung und Nothilfe angegangen, ich auch zugesagt, wenn ich erst zu Geld kommen würde. Was einmal versprochen, mußte ich halten, in Zukunft aber beschloß ich, vorsichtiger zu sein. Ich meldete mich wegen meiner Erbschaft. Es war weniger, als man geglaubt hatte, aber doch sehr viel, nahe an eilftausend Gulden. Mein Zimmer wurde den ganzen Tag von Bittenden und Hilfesuchenden nicht leer. Ich war aber beinahe hart geworden und gab nur, wo die Not am größten war. Auch Barbaras Vater kam. Er schmälte, daß ich sie schon drei Tage nicht besucht, worauf ich der Wahrheit gemäß erwiderte, daß ich fürchte, seiner Tochter zur Last zu sein. Er aber sagte, das solle mich nicht kümmern, er habe ihr schon den Kopf zurechtgesetzt, wobei er auf eine boshafte Art lachte, so daß ich erschrak. Dadurch an Barbaras Warnung rückerinnert, verhehlte ich, als wir bald im Gespräche darauf kamen, den Betrag meiner Erbschaft; auch seinen Handelsvorschlägen wich ich geschickt aus.

Wirklich lagen mir bereits andere Aussichten im Kopfe. In der Kanzlei, wo man mich nur meines Vaters wegen geduldet hatte, war mein Platz bereits durch einen andern besetzt, was mich, da kein Gehalt damit verbunden war, wenig kümmerte. Aber der Sekretär meines Vaters, der durch die letzten Ereignisse brotlos geworden, teilte mir den Plan zur Errichtung eines Auskunfts-, Kopier- und Übersetzungs-Comptoirs mit, wozu ich die ersten Einrichtungskosten vorschießen sollte, indes er selbst die Direktion zu übernehmen bereit war. Auf mein Andringen wurden die Kopierarbeiten auch auf Musikalien ausgedehnt, und nun war ich in meinem Glücke. Ich gab das erforderliche Geld, ließ mir aber, schon vorsichtig geworden, eine Handschrift darüber ausstellen. Die Kaution für die Anstalt, die ich gleichfalls vorschoß, schien, obgleich beträchtlich, kaum der Rede wert, da sie bei den Gerichten hinterlegt werden mußte und dort mein blieb, als hätte ich sie in meinem Schranke.

Die Sache war abgetan und ich fühlte mich erleichtert, erhoben, zum ersten Male in meinem Leben selbständig, ein Mann. Kaum, daß ich, meines Vaters noch gedachte. Ich bezog eine bessere Wohnung, änderte einiges in meiner Kleidung und ging, als es Abend geworden, durch wohlbekannte Straßen nach dem Grieslerladen, wobei ich mit den Füßen schlenkerte und mein Lied zwischen den Zähnen summte, obwohl nicht ganz richtig. Das B in der zweiten Hälfte habe ich mit der Stimme nie treffen können. Froh und guter Dinge langte ich an, aber ein eiskalter Blick Barbaras warf mich sogleich in meine frühere Zaghaftigkeit zurück. Der Vater empfing mich aufs beste, sie aber tat, als ob niemand zugegen wäre, fuhr fort, Papiertüten zu wickeln, und mischte sich mit keinem Worte in unser Gespräch. Nur als die Rede auf meine Erbschaft kam, fuhr sie mit halbem Leibe empor und sagte fast drohend: Vater! worauf der Alte sogleich den Gegenstand änderte. Sonst sprach sie den ganzen Abend nichts, gab mir keinen zweiten Blick, und als ich mich endlich empfahl, klang ihr: Guten Abend! beinahe wie ein Gott sei Dank!

Aber ich kam wieder und wieder, und sie gab allmählich nach. Nicht als ob ich ihr irgend etwas zu Danke gemacht hätte. Sie schalt und tadelte mich unaufhörlich. Alles war ungeschickt; Gott hatte mir zwei linke Hände erschaffen; mein Rock saß wie an einer Vogelscheuche; ich ging wie die Enten, mit einer Anmahnung an den Haushahn. Besonders zuwider war ihr meine Höflichkeit gegen die Kunden. Da ich nämlich bis zur Eröffnung der Kopieranstalt ohne Beschäftigung war und überlegte, daß ich dort mit dem Publikum zu tun haben würde, so nahm ich, als Vorübung, an dem Kleinverkauf im Grieslergewölbe tätigen Anteil, was mich oft halbe Tage lang festhielt. Ich wog Gewürz ab, zählte den Knaben Nüsse und Welkpflaumen zu, gab klein Geld heraus; letzteres nicht ohne häufige Irrungen, wo denn immer Barbara dazwischenfuhr, gewalttätig wegnahm, was ich eben in den Händen hielt, und mich vor den Kunden verlachte und verspottete. Machte ich einem der Käufer einen Bückling oder empfahl mich ihnen, so sagte sie barsch, ehe die Leute noch zur Türe hinaus waren: Die Ware empfiehlt! und kehrte mir den Rücken. Manchmal aber wieder war sie ganz Güte. Sie hörte mir zu, wenn ich erzählte, was in der Stadt vorging; aus meinen Kinderjahren; von dem Beamtenwesen in der Kanzlei, wo wir uns zuerst kennengelernt. Dabei ließ sie mich aber immer allein sprechen und gab nur durch einzelne Worte ihre Billigung oder – was öfter der Fall war – ihre Mißbilligung zu erkennen.

Von Musik oder Gesang war nie die Rede. Erstlich meinte sie, man müsse entweder singen oder das Maul halten, zu reden sei da nichts. Das Singen selbst aber ging nicht an. Im Laden war es unziemlich, und die Hinterstube, die sie und ihr Vater gemeinschaftlich bewohnten, durfte ich nicht betreten. Einmal aber, als ich unbemerkt zur Türe hereintrat, stand sie eben auf den Zehenspitzen emporgerichtet, den Rücken mir zugekehrt und mit den erhobenen Händen, wie man nach etwas sucht, auf einem der höheren Stellbretter herumtastend. Und dabei sang sie leise in sich hinein. – Es war das Lied, mein Lied! – Sie aber zwitscherte wie eine Grasmücke, die am Bache das Hälslein wäscht und das Köpfchen herumwirft und die Federn sträubt und wieder glättet mit dem Schnäblein. Mir war, als ginge ich auf grünen Wiesen. Ich schlich näher und näher und war schon so nahe, daß das Lied nicht mehr von außen, daß es aus mir herauszutönen schien, ein Gesang der Seelen. Da konnte ich mich nicht mehr halten und faßte mit beiden Händen ihren in der Mitte nach vorn strebenden und mit den Schultern gegen mich gesenkten Leib. Da aber kam's. Sie wirbelte wie ein Kreisel um sich selbst. Glutrot vor Zorn im Gesichte stand sie vor mir da; ihre Hand zuckte, und ehe ich mich entschuldigen konnte -

Sie hatten, wie ich schon früher berichtet, auf der Kanzlei öfter von einer Ohrfeige erzählt, die Barbara, noch als Kuchenhändlerin, einem Zudringlichen gegeben. Was sie da sagten von der Stärke des eher klein zu nennenden Mädchens und der Schwungkraft ihrer Hand, schien höchlich und zum Scherze übertrieben. Es verhielt sich aber wirklich so und ging ins Riesenhafte. Ich stand wie vom Donner getroffen. Die Lichter tanzten mir vor den Augen. – Aber es waren Himmelslichter. Wie Sonne, Mond und Sterne; wie die Engelein, die Versteckens spielen und dazu singen. Ich hatte Erscheinungen, ich war verzückt. Sie aber, kaum minder erschrocken als ich, fuhr mit ihrer Hand wie begütigend über die geschlagene Stelle. Es mag wohl zu stark ausgefallen sein, sagte sie, und – wie ein zweiter Blitzstrahl – fühlte ich plötzlich ihren warmen Atem auf meiner Wange und ihre zwei Lippen, und sie küßte mich; nur leicht, leicht; aber es war ein Kuß auf diese meine Wange, hier!“ Dabei klatschte der alte Mann auf seine Backe, und die Tränen traten ihm aus den Augen. „Was nun weiter geschah, weiß ich nicht“, fuhr er fort. „Nur daß ich auf sie losstürzte und sie in die Wohnstube lief und die Glastüre zuhielt, während ich von der andern Seite nachdrängte. Wie sie nun zusammengekrümmt und mit aller Macht sich entgegenstemmend gleichsam an dem Türfenster klebte, nahm ich mir ein Herz, verehrtester Herr, und gab ihr ihren Kuß heftig zurück, durch das Glas.

Oho, hier geht's lustig her! hörte ich hinter mir rufen. Es war der Griesler, der eben nach Hause kam. Nu, was sich neckt – sagte er. Komm nur heraus, Bärbe, und mach keine Dummheiten! Einen Kuß in Ehren kann niemand wehren. – Sie aber kam nicht. Ich selbst entfernte mich nach einigen halb bewußtlos gestotterten Worten, wobei ich den Hut des Grieslers statt des meinigen nahm, den er lachend mir in der Hand austauschte. Das war, wie ich ihn schon früher nannte, der Glückstag meines Lebens. Fast hätte ich gesagt:

der einzige, was aber nicht wahr wäre, denn der Mensch hat viele Gnaden von Gott.

Ich wußte nicht recht, wie ich im Sinne des Mädchens stand. Sollte ich sie mir mehr erzürnt oder mehr begütigt denken? Der nächste Besuch kostete einen schweren Entschluß. Aber sie war gut. Demütig und still, nicht auffahrend wie sonst, saß sie da bei einer Arbeit. Sie winkte mit dem Kopfe auf einen nebenstehenden Schemel, daß ich mich setzen und ihr helfen sollte. So saßen wir denn und arbeiteten. Der Alte wollte hinausgehen. Bleibt doch da, Vater, sagte sie; was Ihr besorgen wollt, ist schon abgetan. Er trat mit dem Fuße hart auf den Boden und blieb. Ab- und zugehend sprach er von diesem und jenem, ohne daß ich mich in das Gespräch zu mischen wagte. Da stieß das Mädchen plötzlich einen kleinen Schrei aus. Sie hatte sich beim Arbeiten einen Finger geritzt, und obgleich sonst gar nicht weichlich, schlenkerte sie mit der Hand hin und her. Ich wollte zusehen, aber sie bedeutete mich, fortzufahren. Alfanzerei und kein Ende! brummte der Alte, und vor das Mädchen hintretend, sagte er mit starker Stimme: Was zu besorgen war, ist noch gar nicht getan! und so ging er schallenden Trittes zur Türe hinaus. Ich wollte nun anfangen, mich von gestern her zu entschuldigen; sie aber unterbrach mich und sagte: Lassen wir das und sprechen wir jetzt von gescheitern Dingen.

Sie hob den Kopf empor, maß mich vom Scheitel bis zur Zehe und fuhr in ruhigem Tone fort: Ich weiß kaum selbst mehr den Anfang unserer Bekanntschaft, aber Sie kommen seit einiger Zeit öfter und öfter, und wir haben uns an Sie gewöhnt. Ein ehrliches Gemüt wird Ihnen niemand abstreiten, aber Sie sind schwach, immer auf Nebendinge gerichtet, so daß Sie kaum imstande wären, Ihren eigenen Sachen selbst vorzustehen. Da wird es denn Pflicht und Schuldigkeit von Freunden und Bekannten, ein Einsehen zu haben, damit Sie nicht zu Schaden kommen. Sie versitzen hier halbe Tage im Laden, zählen und wägen, messen und markten; aber dabei kommt nichts heraus. Was gedenken Sie in Zukunft zu tun, um Ihr Fortkommen zu haben? Ich erwähnte der Erbschaft meines Vaters. Die mag recht groß sein, sagte sie. Ich nannte den Betrag. Das ist viel und wenig, erwiderte sie. Viel, um etwas damit anzufangen; wenig, um vom Breiten zu zehren. Mein Vater hat Ihnen zwar einen Vorschlag getan, ich riet Ihnen aber ab. Denn einmal hat er schon selbst Geld bei derlei Dingen verloren, dann, setzte sie mit gesenkter Stimme hinzu, ist er so gewohnt, von Fremden Gewinn zu ziehen, daß er es Freunden vielleicht auch nicht besser machen würde. Sie müssen jemand an der Seite haben, der es ehrlich meint. – Ich wies auf sie. – Ehrlich bin ich, sagte sie. Dabei legte sie die Hand auf die Brust, und ihre Augen, die sonst ins Graulichte spielten, glänzten hellblau, himmelblau. Aber mit mir hat's eigene Wege. Unser Geschäft wirft wenig ab, und mein Vater geht mit dem Gedanken um, einen Schenkladen aufzurichten. Da ist denn kein Platz für mich. Mir bliebe nur Handarbeit, denn dienen mag ich nicht. Und dabei sah sie aus wie eine Königin. Man hat mir zwar einen andern Antrag gemacht, fuhr sie fort, indem sie einen Brief aus ihrer Schürze zog und halb widerwillig auf den Ladentisch warf; aber da müßte ich fort von hier. – Und weit? fragte ich. Warum? was kümmert Sie das? – Ich erklärte, daß ich an denselben Ort hinziehen wollte. – Sind Sie ein Kind! sagte sie. Das ginge nicht an und wären ganz andere Dinge. Aber wenn Sie Vertrauen zu mir haben und gerne in meiner Nähe sind, so bringen Sie den Putzladen an sich, der hier nebenan zu Verkauf steht. Ich verstehe das Werk, und um den bürgerlichen Gewinn aus Ihrem Gelde dürften sie nicht verlegen sein. Auch fänden Sie selbst mit Rechnen und Schreiben eine ordentliche Beschäftigung. Was sich etwa noch weiter ergäbe, davon wollen wir jetzt nicht reden. – Aber ändern müßten Sie sich! Ich hasse die weibischen Männer.

Ich war aufgesprungen und griff nach meinem Hute. Was ist? wo wollen Sie hin? fragte sie. Alles abbestellen, sagte ich mit kurzem Atem. –Was denn? – Ich erzählte ihr nun meinen Plan zur Errichtung eines Schreib- und Auskunfts-Comptoirs. Da kommt nicht viel heraus, meinte sie. Auskunft einziehen kann ein jeder selbst und schreiben hat auch ein jeder gelernt in der Schule. Ich bemerkte, daß auch Musikalien kopiert werden sollten, was nicht jedermanns Sache sei. Kommen Sie schon wieder mit solchen Albernheiten? fuhr sie mich an. Lassen Sie das Musizieren und denken Sie auf die Notwendigkeit! Auch wären Sie nicht imstande, einem Geschäfte selbst vorzustehen. Ich erklärte, daß ich einen Compagnon gefunden hätte. Einen Compagnon? rief sie aus. Da will man Sie gewiß betrügen! Sie haben doch noch kein Geld hergegeben? – Ich zitterte, ohne zu wissen, warum. – Haben Sie Geld gegeben? fragte sie noch einmal. Ich gestand die dreitausend Gulden zur ersten Einrichtung. – Dreitausend Gulden? rief sie, so vieles Geld! – Das übrige, fuhr ich fort, ist bei den Gerichten hinterlegt und jedenfalls sicher. – Also noch mehr? schrie sie auf. – Ich gab den Betrag der Kaution an. – Und haben Sie die selbst bei den Gerichten angelegt? – Es war durch meinen Compagnon geschehen. – Sie haben doch einen Schein darüber? – Ich hatte keinen Schein. Und wie heißt Ihr sauberer Compagnon? fragte sie weiter. Ich war einigermaßen beruhigt, ihr den Sekretär meines Vaters nennen zu können.

Gott der Gerechte! rief sie aufspringend und die Hände zusammenschlagend. Vater! Vater! – Der Alte trat herein. – Was habt Ihr heute aus den Zeitungen gelesen? – Von dem Sekretarius? sprach er. – Wohl! wohl! – Nun, der ist durchgegangen, hat Schulden über Schulden hinterlassen und die Leute betrogen. Sie verfolgen ihn mit Steckbriefen! – Vater, rief sie, er hat ihm auch sein Geld anvertraut. Er ist zugrunde gerichtet. – Potz Dummköpfe und kein Ende! schrie der Alte. Hab ich's nicht immer gesagt? Aber das war ein Entschuldigen. Einmal lachte sie über ihn, dann war er wieder ein redliches Gemüt. Aber ich will dazwischenfahren! Ich will zeigen, wer Herr im Hause ist. Du, Barbara, marsch hinein in die Kammer! Sie aber, Herr, machen Sie, daß Sie fortkommen, und verschonen uns künftig mit Ihren Besuchen. Hier wird kein Almosen gereicht. – Vater, sagte das Mädchen, seid nicht hart gegen ihn, er ist ja doch unglücklich genug. – Eben darum, rief der Alte, will ich's nicht auch werden. Das, Herr, fuhr er fort, indem er auf den Brief zeigte, den Barbara vorher auf den Tisch geworfen hatte, das ist ein Mann! Hat Grütz' im Kopfe und Geld im Sack. Betrügt niemanden, läßt sich aber auch nicht betrügen; und das ist die Hauptsache bei der Ehrlichkeit. – Ich stotterte, daß der Verlust der Kaution noch nicht gewiß sei. – Ja, rief er, wird ein Narr gewesen sein, der Sekretarius! Ein Schelm ist er, aber pfiffig. Und nun gehen Sie nur rasch, vielleicht holen Sie ihn noch ein! Dabei hatte er mir die flache Hand auf die Schulter gelegt und schob mich gegen die Türe. Ich wich dem Drucke seitwärts aus und wendete mich gegen das Mädchen, die, auf den Ladentisch gestützt, dastand, die Augen auf den Boden gerichtet, wobei die Brust heftig auf und nieder ging. Ich wollte mich ihr nähern, aber sie stieß zornig mit dem Fuße auf den Boden, und als ich meine Hand ausstreckte, zuckte sie mit der ihren halb empor, als ob sie mich wieder schlagen wollte. Da ging ich, und der Alte schloß die Tür hinter mir zu.

Ich wankte durch die Straßen zum Tor hinaus, ins Feld. Manchmal fiel mich die Verzweiflung an, dann kam aber wieder Hoffnung. Ich erinnerte mich, bei Anlegung der Kaution den Sekretär zum Handelsgericht begleitet zu haben. Dort hatte ich unter dem

Torwege gewartet, und er war allein hinaufgegangen. Als er herabkam, sagte er, alles sei berichtigt, der Empfangsschein werde mir ins Haus geschickt werden. Letzteres war freilich nicht geschehen, aber Möglichkeit blieb noch immer. Mit anbrechendem Tage kam ich zur Stadt zurück. Mein erster Gang war in die Wohnung des Sekretärs. Aber die Leute lachten und fragten, ob ich die Zeitungen nicht gelesen hätte? Das Handelsgericht lag nur wenige Häuser davon ab. Ich ließ in den Büchern nachschlagen, aber weder sein Name noch meiner kamen darin vor. Von einer Einzahlung keine Spur. So war denn mein Unglück gewiß. Ja, beinahe wäre es noch schlimmer gekommen. Denn da ein Gesellschaftskontrakt bestand, wollten mehrere seiner Gläubiger auf meine Person greifen. Aber die Gerichte gaben es nicht zu. Lob und Dank sei ihnen dafür gesagt! Obwohl es auf eines herausgekommen wäre.

In all diesen Widerwärtigkeiten war mir, gestehe ich's nur, der Griesler und seine Tochter ganz in den Hintergrund getreten. Nun, da es ruhiger wurde und ich anfing zu überlegen, was etwa weiter geschehen sollte, kam mir die Erinnerung an den letzten Abend lebhaft zurück. Den Alten, eigennützig wie er war, begriff ich ganz wohl, aber das Mädchen. Manchmal kam mir in den Sinn, daß, wenn ich das Meinige zu Rate gehalten und ihr eine Versorgung hätte anbieten können, sie wohl gar – aber sie hätte mich nicht gemocht." – Dabei besah er mit auseinanderfallenden Händen seine ganze dürftige Gestalt. – „Auch war ihr mein höfliches Benehmen gegen jedermann immer zuwider.

So verbrachte ich ganze Tage, sann und überlegte. Eines Abends im Zwielicht – es war die Zeit, die ich gewöhnlich im Laden zuzubringen pflegte – saß ich wieder und versetzte mich in Gedanken an die gewohnte Stelle. Ich hörte sie sprechen, auf mich schmähen, ja es schien, sie verlachten mich. Da raschelte es plötzlich an der Türe, sie ging auf, und ein Frauenzimmer trat herein. – Es war Barbara. – Ich saß auf meinem Stuhl angenagelt, als ob ich ein Gespenst sähe. Sie war blaß und trug ein Bündel unter dem Arme. In die Mitte des Zimmers gekommen, blieb sie stehen, sah rings an den kahlen Wänden umher, dann nach abwärts auf das ärmliche Geräte und seufzte tief. Dann ging sie an den Schrank, der zur Seite an der Mauer stand, wickelte ihr Paket auseinander, das einige Hemden und Tücher enthielt – sie hatte in der letzten Zeit meine Wäsche besorgt -, zog die Schublade heraus, schlug die Hände zusammen, als sie den spärlichen Inhalt sah, fing aber gleich darauf an, die Wäsche in Ordnung zu bringen und die mitgebrachten Stücke einzureihen. Darauf trat sie ein paar Schritte vom Schranke hinweg, und die Augen auf mich gerichtet, wobei sie mit dem Finger auf die offene Schublade zeigte, sagte sie: Fünf Hemden und drei Tücher. So viel habe ich gehabt, so viel bringe ich zurück. Dann drückte sie langsam die Schublade zu, stützte sich mit der Hand auf den Schrank und fing laut an zu weinen. Es schien fast, als ob ihr schlimm würde, denn sie setzte sich auf einen Stuhl neben dem Schranke, verbarg das Gesicht in ihr Tuch, und ich hörte aus den stoßweise geholten Atemzügen, daß sie noch immer fortweinte. Ich war leise in ihre Nähe getreten und faßte ihre Hand, die sie mir gutwillig ließ. Als ich aber, um ihre Blicke auf mich zu ziehen, an dem schlaff hängenden Arme bis zum Ellenbogen emporrückte, stand sie rasch auf, machte ihre Hand los und sagte in gefaßtem Tone: Was nützt das alles? es ist nun einmal so. Sie haben es selbst gewollt, sich und uns haben Sie unglücklich gemacht; aber freilich sich selbst am meisten. Eigentlich verdienen Sie kein Mitleid – hier wurde sie immer heftiger -, wenn man so schwach ist, seine eigenen Sachen nicht in Ordnung halten zu können; so leichtgläubig, daß man jedem traut, gleichviel ob es ein Spitzbube ist oder ein ehrlicher

Mann. – Und doch tut's mir leid um Sie. Ich bin gekommen, um Abschied zu nehmen. Ja, erschrecken Sie nur. Ist's doch Ihr Werk. Ich muß nun hinaus unter die groben Leute, wogegen ich mich so lange gesträubt habe. Aber da ist kein Mittel. Die Hand habe ich Ihnen schon gegeben, und so leben Sie wohl – für immer. Ich sah, daß ihr die Tränen wieder ins Auge traten, aber sie schüttelte unwillig mit dem Kopfe und ging. Mir war, als hätte ich Blei in den Gliedern. Gegen die Türe gekommen, wendete sie sich noch einmal um und sagte: Die Wäsche ist jetzt in Ordnung. Sehen Sie zu, daß nichts abgeht. Es werden harte Zeiten kommen. Und nun hob sie die Hand auf, machte wie ein Kreuzeszeichen in die Luft und rief: Gott mit dir, Jakob! – In alle Ewigkeit, Amen! setzte sie leiser hinzu und ging.

Nun erst kam mir der Gebrauch meiner Glieder zurück. Ich eilte ihr nach, und auf dem Treppenabsatze stehend, rief ich ihr nach: Barbara! Ich hörte, daß sie auf der Stiege stehenblieb. Wie ich aber die erste Stufe hinabstieg, sprach sie von unten herauf: Bleiben Sie! und ging die Treppe vollends hinab und zum Tore hinaus.

Ich habe seitdem harte Tage erlebt, keinen aber wie diesen; selbst der darauffolgende war es minder. Ich wußte nämlich doch nicht so recht, wie ich daran war, und schlich daher am kommenden Morgen in der Nähe des Grieslerladens herum, ob mir vielleicht einige Aufklärung würde. Da sich aber nichts zeigte, blickte ich endlich seitwärts in den Laden hinein und sah eine fremde Frau, die abwog und Geld herausgab und zuzählte. Ich wagte mich hinein und fragte, ob sie den Laden an sich gekauft hätte? Zur Zeit noch nicht, sagte sie. – Und wo die Eigentümer wären? – Die sind heute frühmorgens nach Langenlebarn gereist. – Die Tochter auch? stammelte ich. – Nun freilich auch, sagte sie, sie macht ja Hochzeit dort.

Die Frau mochte mir nun alles erzählt haben, was ich in der Folge von andern Leuten erfuhr. Der Fleischer des genannten Ortes nämlich – derselbe, den ich zur Zeit meines ersten Besuches im Laden antraf – hatte dem Mädchen seit lange Heiratsanträge gemacht, denen sie immer auswich, bis sie endlich in den letzten Tagen, von ihrem Vater gedrängt und an allem übrigen verzweifelnd, einwilligte. Desselben Morgens waren Vater und Tochter dahin abgereist, und in dem Augenblick, da wir sprachen, war Barbara des Fleischers Frau.

Die Verkäuferin mochte mir, wie gesagt, das alles erzählt haben, aber ich hörte nicht und stand regungslos, bis endlich Kunden kamen, die mich zur Seite schoben, und die Frau mich anfuhr, ob ich noch sonst etwas wollte, worauf ich mich entfernte.

Sie werden glauben, verehrtester Herr", fuhr er fort, „daß ich mich nun als den unglücklichsten aller Menschen fühlte. Und so war es auch im ersten Augenblicke. Als ich aber aus dem Laden heraustrat und, mich umwendend, auf die kleinen Fenster zurückblickte, an denen Barbara gewiß oft gestanden und herausgesehen hatte, da kam eine selige Empfindung über mich. Daß sie nun alles Kummers los war, Frau im eigenen Hause, und nicht nötig hatte, wie wenn sie ihre Tage an einen Herd- und Heimatlosen geknüpft hätte, Kummer und Elend zu tragen, das legte sich wie ein lindernder Balsam auf meine Brust, und ich segnete sie und ihre Wege.

Wie es nun mit mir immer mehr herabkam, beschloß ich durch Musik mein Fortkommen zu suchen; und solange der Rest meines Geldes währte, übte und studierte ich mir die Werke großer Meister, vorzüglich der alten, ein, welche ich abschrieb; und als nun der letzte Groschen ausgegeben war, schickte ich mich an, von meinen Kenntnissen Vorteil zu ziehen, und zwar anfangs in geschlossenen Gesellschaften, wozu ein Gastgebot im Hause meiner Mietfrau den ersten Anlaß gab. Als aber die von mir vorgetragenen Kompositionen dort keinen Anklang fanden, stellte ich mich in die Höfe der Häuser, da unter so vielen Bewohnern doch einige sein mochten, die das Ernste zu schätzen wußten – ja endlich auf die öffentlichen Spaziergänge, wo ich denn wirklich die Befriedigung hatte, daß einzelne stehenblieben, zuhörten, mich befragten und nicht ohne Anteil weitergingen. Daß sie mir dabei Geld hinlegten, beschämte mich nicht. Denn einmal war gerade das mein Zweck, dann sah ich auch, daß berühmte Virtuosen, welche erreicht zu haben ich mir nicht schmeicheln konnte, sich für ihre Leistungen, und mitunter sehr hoch, honorieren ließen. So habe ich mich, obzwar ärmlich, aber redlich fortgebracht bis diesen Tag.

Nach Jahren sollte mir noch ein Glück zuteil werden. Barbara kam zurück. Ihr Mann hatte Geld verdient und ein Fleischhauergewerbe in einer der Vorstädte an sich gebracht. Sie war Mutter von zwei Kindern, von denen das älteste Jakob heißt, wie ich. Meine Berufsgeschäfte und die Erinnerung an alte Zeiten erlaubten mir nicht, zudringlich zu sein, endlich ward ich aber selbst ins Haus bestellt, um dem ältesten Knaben Unterricht auf der Violine zu geben. Er hat zwar nur wenig Talent, kann auch nur an Sonntagen spielen, da ihn in der Woche der Vater beim Geschäft verwendet, aber Barbaras Lied, das ich ihn gelehrt, geht doch schon recht gut; und wenn wir so üben und hantieren, singt manchmal die Mutter mit darein. Sie hat sich zwar sehr verändert in den vielen Jahren, ist stark geworden und kümmert sich wenig mehr um Musik, aber es klingt noch immer so hübsch wie damals." Und damit ergriff der Alte seine Geige und fing an, das Lied zu spielen, und spielte fort und fort, ohne sich weiter um mich zu kümmern. Endlich hatte ich's satt, stand auf, legte ein paar Silberstücke auf den nebenstehenden Tisch und ging, während der Alte eifrig immer fortgeigte.

Bald darauf trat ich eine Reise an, von der ich erst mit einbrechendem Winter zurückkam. Die neuen Bilder hatten die alten verdrängt, und mein Spielmann war so ziemlich vergessen. Erst bei Gelegenheit des furchtbaren Eisganges im nächsten Frühjahre und der damit in Verbindung stehenden Überschwemmung der niedrig gelegenen Vorstädte erinnerte ich mich wieder an ihn. Die Umgegend der Gärtnergasse war zum See geworden. Für des alten Mannes Leben schien nichts zu besorgen, wohnte er doch hoch oben am Dache, indes unter den Bewohnern der Erdgeschosse sich der Tod seine nur zu häufigen Opfer ausersehen hatte. Aber entblößt von aller Hilfe, wie groß mochte seine Not sein! Solange die Überschwemmung währte, war nichts zu tun, auch hatten die Behörden nach Möglichkeit auf Schiffen Nahrung und Beistand den Abgeschnittenen gespendet. Als aber die Wasser verlaufen und die Straßen gangbar geworden waren, beschloß ich, meinen Anteil an der in Gang gebrachten, zu unglaublichen Summen angewachsenen Kollekte persönlich an die mich zunächst angehende Adresse zu befördern.

Der Anblick der Leopoldstadt war grauenhaft. In den Straßen zerbrochene Schiffe und Gerätschaften, in den Erdgeschossen zum Teil noch stehendes Wasser und schwimmende Habe. Als ich, dem Gedränge ausweichend, an ein zugelehntes Hoftor hintrat, gab dieses nach und zeigte im Torwege eine Reihe von Leichen, offenbar behufs der amtlichen Inspektion zusammengebracht und hingelegt; ja, im Innern der Gemächer waren noch hie und da, aufrecht stehend und an die Gitterfenster angekrallt, verunglückte Bewohner zu sehen, – es fehlte eben an Zeit und Beamten, die gerichtliche Konstatierung so vieler Todesfälle vorzunehmen.

So schritt ich weiter und weiter. Von allen Seiten Weinen und Trauergeläute, suchende Mütter und irregehende Kinder. Endlich kam ich an die Gärtnergasse. Auch dort hatten sich die schwarzen Begleiter eines Leichenzuges aufgestellt, doch, wie es schien, entfernt von dem Hause, das ich suchte. Als ich aber nähertrat, bemerkte ich wohl eine Verbindung von Anstalten und Hin- und Hergehenden zwischen dem Trauergeleite und der Gärtnerswohnung. Am Haustor stand ein wacker aussehender, ältlicher, aber noch kräftiger Mann. In hohen Stiefeln, gelben Lederhosen und langherabgehendem Leibrocke sah er einem Landfleischer ähnlich. Er gab Aufträge, sprach aber dazwischen ziemlich gleichgültig mit den Nebenstehenden. Ich ging an ihm vorbei und trat in den Hofraum. Die alte Gärtnerin kam mir entgegen, erkannte mich auf der Stelle wieder und begrüßte mich unter Tränen. „Geben Sie uns auch die Ehre?" sagte sie. „Ja, unser armer Alter! der musiziert jetzt mit den lieben Engeln, die auch nicht viel besser sein können, als er es war. Die ehrliche Seele saß da oben sicher in seiner Kammer. Als aber das Wasser kam und er die Kinder schreien hörte, da sprang er herunter und rettete und schleppte und trug und brachte in Sicherheit, daß ihm der Atem ging wie ein Schmiedegebläs. Ja – wie man denn nicht überall seine Augen haben kann – als sich ganz zuletzt zeigte, daß mein Mann seine Steuerbücher und die paar Gulden Papiergeld im Wandschrank vergessen hatte, nahm der Alte ein Beil, ging ins Wasser, das ihm schon an die Brust reichte, erbrach den Schrank und brachte alles treulich. Da hatte er sich wohl verkältet, und wie im ersten Augenblicke denn keine Hilfe zu haben war, griff er in die Phantasie und wurde immer schlechter und schlechter, ob wir ihm gleich beistanden nach Möglichkeit und mehr dabei litten als er selbst. Denn er musizierte in einem fort, mit der Stimme nämlich, und schlug den Takt und gab Lektionen. Als sich das Wasser ein wenig verlaufen hatte und wir den Bader holen konnten und den Geistlichen, richtete er sich plötzlich im Bette auf, wendete Kopf und Ohr seitwärts, als ob er in der Entfernung etwas gar Schönes hörte, lächelte, sank zurück und war tot. Gehen Sie nur hinauf, er hat oft von Ihnen gesprochen. Die Madame ist auch oben. Wir haben ihn auf unsere Kosten begraben lassen wollen, die Frau Fleischermeisterin gab es aber nicht zu.“

Sie drängte mich die steile Treppe hinauf bis zur Dachstube, die offen stand und ganz ausgeräumt war bis auf den Sarg in der Mitte, der, bereits geschlossen, nur der Träger wartete. An dem Kopfende saß eine ziemlich starke Frau, über die Hälfte des Lebens hinaus, im buntgedruckten Kattunüberrocke, aber mit schwarzem Halstuch und schwarzem Band auf der Haube. Es schien fast, als ob sie nie schön gewesen sein konnte. Vor ihr standen zwei ziemlich erwachsene Kinder, ein Bursche und ein Mädchen, denen sie offenbar Unterricht gab, wie sie sich beim Leichenzuge zu benehmen hätten. Eben als ich eintrat, stieß sie dem Knaben, der sich ziemlich tölpisch auf den Sarg gelehnt hatte, den Arm herunter und glättete sorgfältig die herausstehenden Kanten des Leichentuches wieder zurecht. Die Gärtnersfrau führte mich vor; da fingen aber unten die Posaunen an zu blasen, und zugleich erscholl die Stimme des Fleischers von der Straße herauf: Barbara, es ist Zeit! Die Träger erschienen, ich zog mich zurück, um Platz zu machen. Der Sarg ward erhoben, hinabgebracht, und der Zug setzte sich in Bewegung. Voraus die Schuljugend mit Kreuz und Fahne, der Geistliche mit dem Kirchendiener. Unmittelbar nach dem Sarge die beiden Kinder des Fleischers und hinter ihnen das Ehepaar. Der Mann bewegte unausgesetzt, als in Andacht, die Lippen, sah aber dabei links und rechts um sich. Die Frau las eifrig in ihrem Gebetbuche, nur machten ihr die beiden Kinder zu schaffen, die sie einmal vorschob, dann wieder zurückhielt, wie ihr denn überhaupt die Ordnung des Leichenzuges sehr am Herzen zu liegen schien. Immer aber kehrte sie wieder zu ihrem Buche zurück. So kam das

Geleite zum Friedhof. Das Grab war geöffnet. Die Kinder warfen die ersten Handvoll Erde hinab. Der Mann tat stehend dasselbe. Die Frau kniete und hielt ihr Buch nahe an die Augen. Die Totengräber vollendeten ihr Geschäft, und der Zug, halb aufgelöst, kehrte zurück. An der Türe gab es noch einen kleinen Wortwechsel, da die Frau eine Forderung des Leichenbesorgers offenbar zu hoch fand. Die Begleiter zerstreuten sich nach allen Richtungen. Der alte Spielmann war begraben.

Ein paar Tage darauf – es war ein Sonntag – ging ich, von meiner psychologischen Neugierde getrieben, in die Wohnung des Fleischers und nahm zum Vorwande, daß ich die Geige des Alten als Andenken zu besitzen wünschte. Ich fand die Familie beisammen ohne Spur eines zurückgebliebenen besondern Eindrucks. Doch hing die Geige mit einer Art Symmetrie geordnet neben dem Spiegel und einem Kruzifix gegenüber an der Wand. Als ich mein Anliegen erklärte und einen verhältnismäßig hohen Preis anbot, schien der Mann nicht abgeneigt, ein vorteilhaftes Geschäft zu machen. Die Frau aber fuhr vom Stuhle empor und sagte: „Warum nicht gar! Die Geige gehört unserem Jakob, und auf ein paar Gulden mehr oder weniger kommt es uns nicht an!“ Dabei nahm sie das Instrument von der Wand, besah es von allen Seiten, blies den Staub herab und legte es in die Schublade, die sie, wie einen Raub befürchtend, heftig zustieß und abschloß. Ihr Gesicht war dabei von mir abgewandt, so daß ich nicht sehen konnte, was etwa darauf vorging. Da nun zu gleicher Zeit die Magd mit der Suppe eintrat und der Fleischer, ohne sich durch den Besuch stören zu lassen, mit lauter Stimme sein Tischgebet anhob, in das die Kinder gellend einstimmten, wünschte ich gesegnete Mahlzeit und ging zur Türe hinaus. Mein letzter Blick traf die Frau. Sie hatte sich umgewendet, und die Tränen liefen ihr stromweise über die Backen.